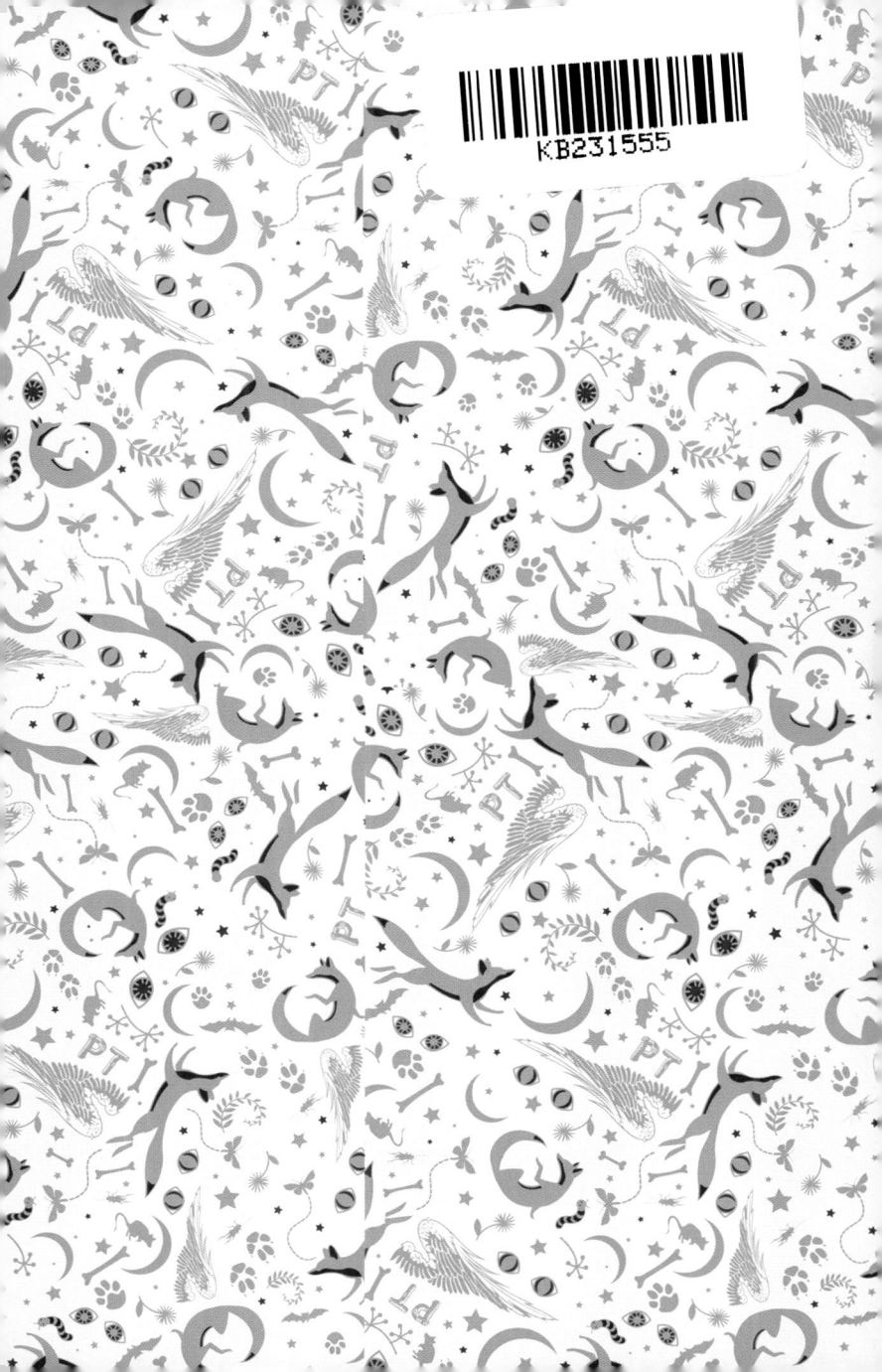

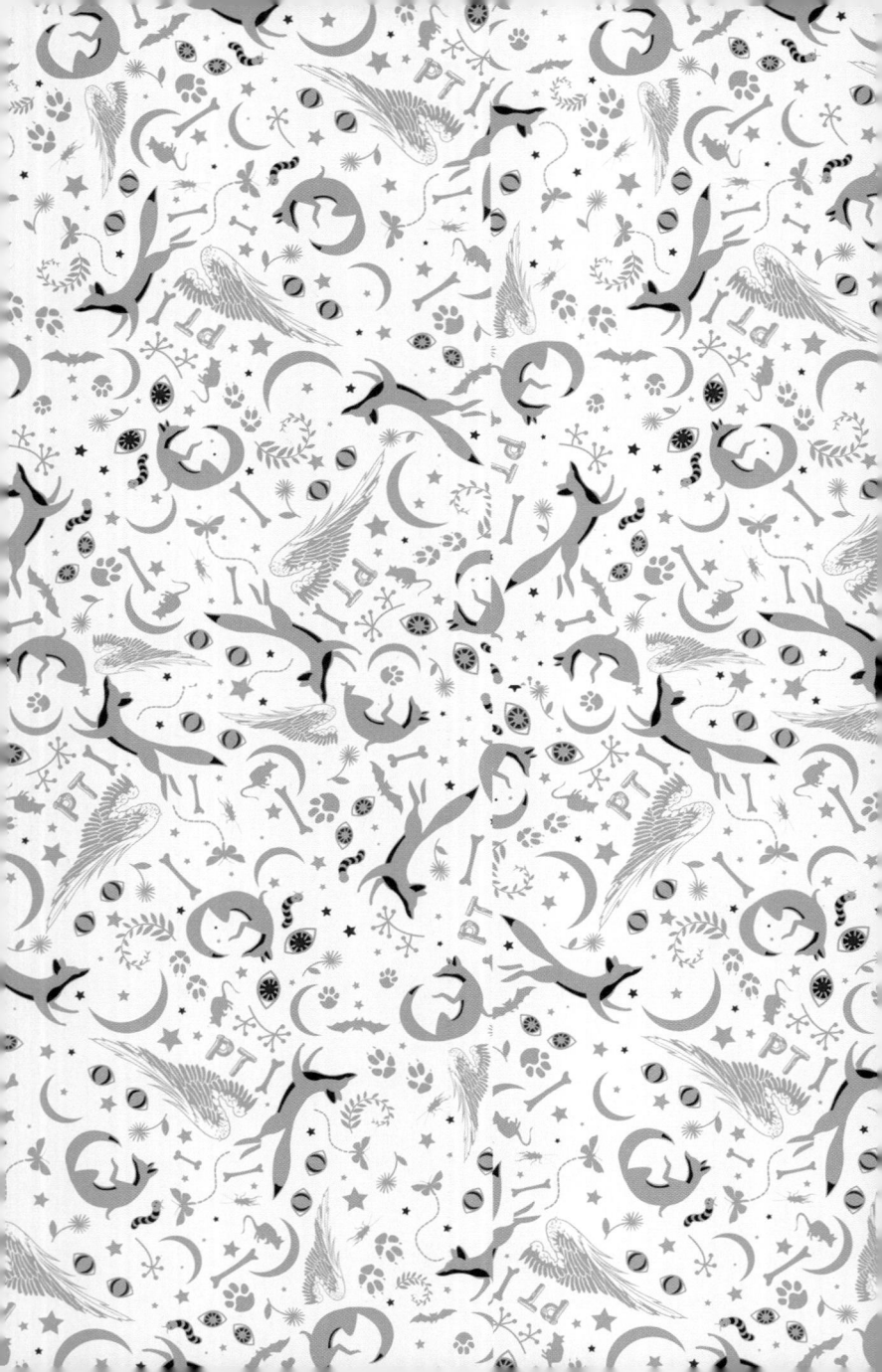

Why didn't she ask EBA?

愚者の
エンドロール
一

GUSHA NO END ROLL
by Honobu YONEZAWA

ⓒHonobu YONEZAWA 2002
Originally published in Japan in 2002
by KADOKAWA SHOTEN CO., LTD., Tokyo.
Korean translation rights arranged with KADOKAWA SHOTEN CO., LTD., JAPAN
through THE SAKAI AGENCY and ERIC YANG AGENCY.

/

이 책의 한국어판 저작권은 에릭양 에이전시와 THE SAKAI AGENCY를 통해
저자와 독점 계약한 (주)문학동네에 있습니다.
저작권법에 의해 한국 내에서 보호를 받는 저작물이므로 무단 전재 및 무단 복제를 금합니다.

/

이 도서의 국립중앙도서관 출판예정도서목록(CIP)은 서지정보유통지원시스템 홈페이지(http://seoji.nl.go.kr)와
국가자료종합목록 구축시스템(http://kolis-net.nl.go.kr) 에서 이용하실 수 있습니다.
CIP제어번호 : CIP2013019735

요네자와 호노부 지음

권영주 옮김

바보의 엔드 크레디트

엘릭시르

THE MAGICIAN.

STRENGTH.

Why didn't she ask EBA?

THE FO

JUSTICE.

愚者の
エンドロール

—

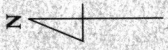

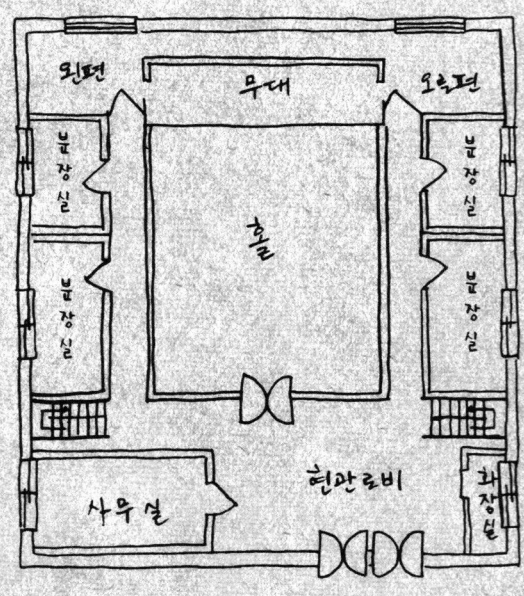

왼편 　무대　 오른편

분장실

분장실

홀

분장실

분장실

사무실　 현관로비　 화장실

극장1층

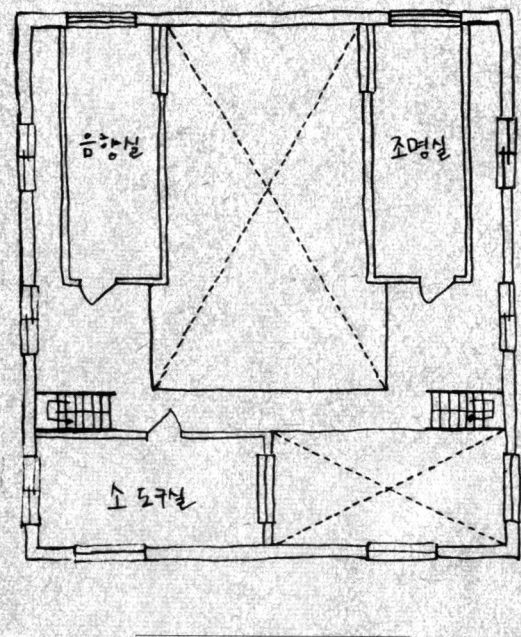

극장 2층

0
콜드 오픈

로그 넘버 00205

이름을 입력해 주세요 : 정말 어떻게 해도 안 되겠어?

마유코 : 죄송해요

이름을 입력해 주세요 : 이대로는 네가 악당이 될 거다. 그래도?

마유코 : 다른 사람들한테 사과할게요

마유코 : 그 수밖에 없다고 생각해요

이름을 입력해 주세요 : 사과한다고 해결될 문제가 아니야

이름을 입력해 주세요 : 너를 비난하는 게 아니야

이름을 입력해 주세요 : 해결해야 한다는 뜻이야

마유코 : 알아요

마유코 : 하지만 어떻게 해도 안 되겠어요

마유코 : 전

마유코 : 죄송해요

이름을 입력해 주세요 : 그래. 알았다

이름을 입력해 주세요 : 처음부터 적재적소가 아니었던 건 맞지

이름을 입력해 주세요 : 지금까지 잘해 줬어

마유코 : 죄송해요

이름을 입력해 주세요 : 그만 됐다. 사과할 것 없어

이름을 입력해 주세요 : 뒷일은 내게 맡겨

마유코 : 해 줄 거예요?

이름을 입력해 주세요 : 할 수 있으면 처음부터 내가 했지

이름을 입력해 주세요 : 나는 못 해. 방법을 찾아야지

마유코 : ?

이름을 입력해 주세요 : 단 성공한다 해도 네가 원하는 방향은

이름을 입력해 주세요 : 아닐 거다

로그 넘버 00209

나 . 지 . 롱 ♪ : 미안.

이름을 입력해 주세요 : 아니에요

이름을 입력해 주세요 : 사정이 그러시다면 어쩔 수 없죠

나 . 지 . 롱 ♪ : 귀여운 후배의 부탁이니 어떻게 해 주고 싶긴 하지만.

나 . 지 . 롱 ♪ : 이것만은…….

나 . 지 . 롱 ♪ : 거리랑 시간은 어쩔 방법이 없으니 말이야.

이름을 입력해 주세요 : 저

이름을 입력해 주세요 : 혹시 아는 분 중에

이름을 입력해 주세요 : 그런 게 가능한 사람은 없을까요

나 . 지 . 롱 ♪ : 그런 게 가능한 사람.

나 . 지 . 롱 ♪ : 음.

나 . 지 . 롱 ♪ : …….

이름을 입력해 주세요 : 선배?

나 . 지 . 롱 ♪ : ZZZ……

이름을 입력해 주세요 : 선배

나 . 지 . 롱 ♪ : 농담이야.

나 . 지 . 롱 ♪ : 믿음직스럽진 않지만 잘만 굴리면

나 . 지 . 롱 ♪ : 써먹을 수 있는 녀석이 있어.

로그 넘버 00214

이름을 입력해 주세요 : 어때?

ㄴ : 살게요!

ㄴ : 아니, 갈게요

이름을 입력해 주세요 : 그래 주면 이쪽도 기쁘고

이름을 입력해 주세요 : 시간과 장소는 추후 연락하지

ㄴ : 무착 기대돼요

ㄴ : 무착이요

ㄴ : 무척

이름을 입력해 주세요 : 이미 알고 있을지도 모르지만

이름을 입력해 주세요 : 일일이 고칠 필요 없어

ㄴ : 그린가요

ㄴ : 그런가요

ㄴ : 아, 네

이름을 입력해 주세요 : 그럼 부탁한다

이름을 입력해 주세요 : 그렇군, 기왕이면

ㄴ : 네

이름을 입력해 주세요 : 친구도 같이 부르든지. 그래, 한 세 명쯤

ㄴ : 그래도 될까요?

이름을 입력해 주세요 : 고전부라고 했던가?

이름을 입력해 주세요 : 부원을 데려오면 나도 기쁘겠어

1
시사회에 가자!

하늘은 사람 위에 사람을 만들지 않고 사람 아래 사람을 만들지 않는다고 한다. 또 하늘은 한 사람에게 두 가지를 허락하지 않는다는 말도 있다. 이들 경구가 타당하다면, 하늘의 기강을 바로잡을 필요가 있다. 사람 한 명의 가치가 지역에 따라 다른 현재의 상황은 아무리 그럴싸한 말로 둘러대 봤자 부정할 길 없거니와, 두 가지를 넘어 한 손으로 다 꼽지도 못할 만큼 여러 재능을 가진 인간도 분명히 있다. 우리 같은 보통 사람이 천재의 활약을 지켜보며 부러워하거나 시샘하는 동시에 자신에게도 실은 어떤 재능이 있지 않을까 생각하는 것은 일상적인 풍경이다. 하여간 허무한 일이다.

여름 방학도 종반. 학교로 가는 길에 오랜 친구인 후쿠베 사토시에게 그런 이야기를 했다. 그러자 사토시는 힘차게 고개를 끄덕여 동의를 표시했다.

"그러게 말이야. 나도 십오 년간 후쿠베 사토시 노릇을 해왔지만, 보아하니 이 몸에 천부의 재질은 없는 것 같거든. 대기만성이란 말에 희망을 걸어 보긴 하지만 이렇다 할 전문 분야도 없으니 그쪽으로도 가망이 영 없어 보이고."

"뭐, 천재는 천재대로 아무리 원해도 평범한 인생을 손에 넣을 수 없다는 걸 생각하면 그렇게 부러워할 것만은 아니지."

"평범한 인생에 매력을 느끼는 거야, 호타로? 너라면 그럴지도 모르겠네."

그러더니 사토시는 아무렇지도 않게 덧붙였다.

"하지만 과연 네가 그런 인생을 살 수 있을까?"

무슨 뜻인지 알 수 없었다. 의아한 표정을 지은 내게 사토시는 의미심장하게 씩 웃었다.

"난 후쿠베 사토시한테 재능이 없다는 걸 알아. 하지만 오레키 호타로까지 그런지에 대한 평가는 잠시 유보해 두고 싶거든."

"엥?"

이 녀석은 종종 농담을 섞어 말한다. 때문에 나는 사토시의 말을 액면 그대로 받아들여도 될지 잠시 생각했다. 두어 가지 이의를 제기하고 싶다. 우선 첫째.

"네가 자신을 보통 사람이라고 하는 건 자기 분석이 객관적이지 못한 것 같은데? 너만큼 지식을 광범위하게 수집하는 녀석도 많지 않을 거다."

사토시는 어깨를 으쓱했다.

"그야, 뭐. 거기에 대해선 나도 나름대로 자부심을 갖고 있어. 하지만 그런 걸 파고든들 퀴즈 왕이 되는 것도 아니라고. 범위만 넓어선 쓸모가 없는 거야."

그런가?

어쨌든 둘째.

"내가 평범한 사람이 아니라는 건 인간 관찰 능력에 문제가 있는 거다."

"아니라곤 말 안 했어. 평가를 유보하고 싶다고 했지."

"그럴 필요가 어디 있냐?"

"어디라……."

잠시 생각하더니 사토시는 마침 보이기 시작한 가미야마고등학교를 가리켰다.

"저기."

"학교에?"

"학교가 아니라 지학 교실. 우리 고전부 동아리실 말이야. 지난번 《빙과》 사건은 제법 훌륭했어. 솔직히 너한테 그런 능력이 있을 줄은 몰랐거든. 네가 그 방면으로 어디까지 갈 수 있는지 끝까지 지켜봐야 평가할 수 있을 것 같아."

사토시는 웃으며 그렇게 말했다. 대조적으로 내 표정은 씁쓸해졌다.

《빙과》 사건. 사건이라고 했지만 형사 사건은 아니다. 아마 민사도 아닐 것이다. 《빙과》란 나와 사토시가 속한 활동 목적 불명의 단체 고전부의 문집 제목이다. 어째서 문집에 그런 기묘한 제목이 붙었는가. 거기에는 간단히 설명할 수 없는 이유가 있다. 그 이유와 관련해 지난 몇 달간 몇 가지 성가신 일들이 발생했고 나는 그 속에서 어느 정도 역할을 했다. 사토시는 그 '역할'을 말하는 것이다.

사토시가 말했다.

"그 사건을 해결한 건 호타로 너였어."

"해결했다고 할 만큼 대단한 일을 하진 않았다. 뭣보다도 그건 운이었고."

"운이라. 네 자기 평가엔 관심 없어. 내가 널 어떻게 보느냐 하는 문제야."

어떻게 들으면 무척 오만하게 느껴지는 소리를 아무렇지도 않게 한다. 사토시의 그런 말투에는 익숙한지라 화도 나지 않았다.

후쿠베 사토시. 오랜 친구이자 호적수. 남자치고는 키가 작고, 멀리서 보면 여자로 착각할 만큼 비리비리하다. 하지만 사실은 참으로 배짱이 두둑하며, 자신이 관심을 가진 것만 추구하고 '필요한 것'을 당당하게 뒷전으로 미룰 수 있는 사람이다. 눈과 입가에 늘 웃음기를 머금고 있고, 뭐가 들었는지 끈 달린 주머니를 항상 들고 다닌다. 사토시는 끈을 잡고 주머니를 한 바퀴 빙글 돌리더니 말했다.

"그나저나 지금 몇 시야?"

"네 시계로 봐."

"이 안에 들었거든. 꺼내기 귀찮아."

끈 달린 주머니를 툭툭 쳐 보였다. 사토시는 손목시계를 차고 다니는 법이 거의 없다. 휴대 전화로 해결한다.

"귀찮아하는 건 내 전문인데."

"'안 해도 되는 일은 안 한다. 해야 하는 일은 간단하게'라고?"

사토시는 내 생활신조를 야유하듯 그렇게 말하고 웃었다. 나는 손목시계를 보며 수정했다.

"'해야 하는 일은 간략하게'다. ……10시 조금 지났군."

"말 한마디까지 기억하다니, 그렇게 대단한 좌우명도 아니면서. 저런, 10시? 서두르는 게 좋겠어. 지각했다간 지탄다가 용서해도 마야카는 아니야. 무섭다고."

그 말에는 나도 동의한다. 이바라 마야카는 화나면 무섭다. 하지만 사토시가 아는지 어떤지 몰라도 그건 지탄다 에루도 마찬가지다. 사토시에 맞춰 나도 걸음을 빨리했다.

신호등이 바뀌기를 기다려 교차로를 건너자 교문이 보이기 시작했다. 여름 방학인데도 학생들이 가득한, 여느 때와 같은 가미야마 고등학교다.

교정이고 건물이고 사복 내지 교복을 입은 학생들이 보인다. 여기저기서 울려 퍼지는 음악 동아리의 준비 연습 소리. 교정 한구석에서 뭔지 모를 거대한 세트를 조립하고 있고, 어느 동아리인지 난투 장면을 벌이는 인간들도 있다. 가미야마 고등학교는 여름 방학중인데도 학생들의 활기로 가득했다. 가미야마 고등학교 축제를 준비하느라 그렇다.

가미야마 고등학교는 학생 수 약 천 명. 대학 진학을 중시하는 경향이 있다는 것과 문예계 특활이 다소 활발한 것, 그리고 축제를 성대하게 한다는 것을 빼면 평범한 학교다. 부지 내에 큰 건물은 세 동 있다. 일반 교실이 있는 일반동, 특별 교실이 있는 특별동, 그리고 체육관. 우리 고전부는 특별동 4층 지학 교실을 동아리실로 쓴다.

합창부와 아카펠라부가 무슨 노래 대항이라도 하듯 목청을 돋우는 안마당을 빠른 걸음으로 나아갔다. 내 생활신조는 사토시의 말처럼 '안 해도 되는 일은 안 한다. 해야 하는 일은 간략하게'로, 더욱 단적으로 표현하자면 '에너지 절약'이다. 내 그런 스타일은 축제 및 기타 학생 생활의 여러 부분에 총력을 기울이는 '그들'의 방식과 크게 다르다. 그렇지만 이제 나는 그 차이가 아무렇지도 않다.

현관에서 연결 통로를 건너 특별동으로 향했다. 어느 동아리에서 복도에 내다 놓고 말리는 긴 그림을 본척만척하고 계단으로 갔다. 4층까지 단숨에 올라가면 다소 숨차다. 하물며 계절은 늦여름, 손수건으로 땀을 닦으며 지학 교실로 들어갔다.

그 즉시 질책이 날아들었다.

"늦었어!"

교실, 그것도 한복판에 두 발을 벌리고 버티고 선 것은 고전부 부원이자 고전부 문집《빙과》제작의 실무 책임자, 그리고 나와는 오랜 악연을 이어 온 이바라다.

이바라 마야카. 친한 것도 아닌데 어째선지 이 녀석과 연이 죽 이어지고 있다. 초등학생 때는 어른스러운 얼굴이었으나, 그대로 고등학생이 되는 바람에 지금은 동안이다. 외모는 이래도 이 녀석은 잘못에 매우 엄격하다. 타인이 저지른 실수에도 가차 없지만, 자신의 실수에 대해서는 더욱 가혹하다. 지금 이 녀석이 화내는 이유는 간단하다. 오늘 고전부는 오전 10시에 부실에 모이기로 했기 때문이다.

이바라는 버티고 선 채 말했다.

"후쿠, 변명할 테면 해 봐."

사토시는 경직된 미소를 띤 채 대답했다.

"자전거를 이용할 수 없어서……."

"그건 전부터 알고 있었을 텐데?"

참고로 가미야마 고등학교에서 여름 방학중 자전거로 등교하는 것은 원래 자유다. 그런데 자전거 보관소를 새로 단장하느라 며칠간 금지 조치가 내려졌다.

"왜 그렇게 정신이 빠졌어, 후쿠. 원고도 완성 못 했잖아."

사토시는 두 팔을 벌리며 구차하게 항변했다.

"자, 잠깐, 마야카. 지각한 건 호타로도 마찬가지잖아?"

여기서 나를 끌어들이기냐. 그러나 이바라는 나를 흘깃 보더니 바로 사토시에게 시선을 되돌렸다.

"오레키는 굳이 따지자면 아무래도 상관없거든."

……그러십니까.

이바라에 대해 또 하나 덧붙이자면, 이 녀석은 사토시에게 마음이 있다. 본인도 그 사실을 감추지 않는다. 그런데 사토시는 줄곧 딴전만 피우고 있다. 언제부터 그렇게 됐는지는 모른다. 그 이유도.

그나저나 고전부는 1학년 네 명으로 구성되어 있다. 나, 사토시, 이바라, 그리고 부장인 지탄다 에루. 지탄다가 안 보이는데.

"너무해. 이중 잣대야."

"무슨 소리야? 그런 거 아니라니까."

두 사람 사이에 오가는 무의미한 대화에 끼어들었다.

"어이, 이바라, 지탄다도 안 왔는데."

"이중 잣대라니, 무슨 그런…… 어, 지이? 응, 그렇지 뭐야. 아직도 안 왔어. 걱정되네."

과연 이중이 아니다. 사토시가 신음했다.

"그래, 삼중이구나."

웬일인지 이바라가 웃었다.

그 직후, 호랑이도 제 말 하면 온다더니 조용히 문이 열리고 지탄다가 들어왔다.

지탄다 에루. 긴 검은 머리와 여려 보이는 가냘픈 체격이 금지옥엽으로 곱게 자란 명가의 아가씨를 연상시킨다. 지탄다는 실제로 가미야마에 광대한 전답을 소유한 '호농 지탄다 집안'의 따님이다. 다만 온몸에 감도는 기품과 어울리지 않게 눈이 크다. 내 생각에 지탄다를 상징하는 것은 그 눈이다. 이바라는 외모가 어린애라면, 지탄다는 삼라만상에 대한 왕성한 호기심이 어린애 같다. 그런데 어린애 같다고 하기에는 체계적인 지성을 갖추고 있으니 영 골치 아프다.

시계는 이미 10시 반을 가리키고 있었다. 지탄다는 머리를 깊이 숙여 사과했다.

"늦어서 죄송합니다."

지탄다는 느슨한 것과 거리가 멀다. 가로세로 딱딱 맞는 것도 아니지만 지각을 하다니 별일이 다 있다. 이바라도 그렇게 생각했는지 날을 세우지 않고 물었다.

"어떻게 된 거야? 무슨 일 있었어?"

"네, 이야기가 좀 길어지는 바람에요."

무슨 이야기? 그것을 말해야 설명이 될 것 아닌가. 그러나 내가 그 점을 지적하기 전에 지탄다가 말을 이었다.

"무슨 이야기인지는 나중에 다시 말씀드릴게요."

보아하니 뭔가 꿍꿍이가 있는 모양이다. 불길한 조짐이다.

"흠…… 뭐, 됐어. 그럼 시작하자."

오늘 고전부가 모인 것은 고전부 문집 《빙과》를 학교 축제에 출품하면서 전체적인 디자인, 즉, 폰트며 삽화를 넣을 부분, 종이 질 등에 관해 의논하기 위해서다. 나는 그런 문제에 간섭할 마음이 없는 터라 이바라에게 모조리 일임해도 상관없었으나, 당사자인 이바라가 그것을 용납하지 않았다. 돈과 원고를 제공했으니 문집 제작의 온갖 국면에 관여할 권리와 의무가 있다고 주장했다. 권리도 의무도 필요 없지만 뭐, 어차피 여름 방학이라고 딱히 하고 싶은 일이 있는 것도 아니다.

이바라가 가방에서 종이 견본 몇 개를 꺼냈다.

"이게 예산 범위 내에서 제일 좋은 종이. 이게 제일 싼 거. 꽤 차이가 나지? 생김새 말고도 잉크 먹는 게……."

바로 시작된 설명을 사토시와 지탄다는 열심히 들었다. 나는 말하자면 산에 없는 것보다는 나은 고목枯木이지만 아무튼 열심히 듣는 척했다. 안 그러면 이바라가 화낸다.

편집 회의는 의외로 빨리 끝나 한 시간 조금 넘게 걸렸다. 결정된 사항을 이바라가 메모했다. 오늘 중으로 인쇄소에 전달한다고 한다. 실무를 요령 있게 처리하기는 쉽지 않다. 이바라에게 두 손 모아 감사를.

때는 점심시간. 이대로 집에 가도 되지만 기왕 사 왔으니 편의점 도시락을 먹기로 했다. 책가방에서 사백 엔도 안 되는 점심밥을 꺼내자 다른 세 사람도 각각 먹을 것을 꺼냈다.

주먹밥의 비닐 포장을 벗기며 사토시가 누구에게랄 것 없이 물었다.

"그래서, 문집은 결국 언제쯤 완성된다고?"

일정을 가장 잘 파악하고 있는 사람은 물론 이바라다. 이바라는 그 정도는 좀 기억해 두라고 투덜댄 다음 대답했다.

"시월 초쯤 견본이 나오면 좋을 것 같아. 실제로 인쇄에 들어가는 건 축제 직전일 거야."

지금은 팔월 하순. 여름 방학도 이제 일주일 뒤면 끝난다. 구월 들어 개학하면 원고를 쓰기 귀찮아질 것이다. 에너지 절약이 신조인 나는 할 일을 뒤로 미뤄 작업 효율이 떨어지는 사태를 환영하지 않는다. 얼른 착수하는 게 좋을 것 같다. 하지만 뭐, 아직 시간적으로는 여유가 있다 할 수 있다.

풍, 하고 김빠지는 소리를 내며 지탄다가 도시락 뚜껑을 열었다. 같은 학년 여자애들 중에는 간식이라고도 할 수 없을 만큼 도시락 통이 작은 녀석들이 많은데, 지탄다의 도시락은 작지만 적어도 식사라 할 정도의 크기는 됐다. 머위 조림에 두툼한 계란말이, 고기 고명. 젓가락을 들기 전에 지탄다가 넌지시 물었다.

"그런데 세 분은 이 뒤에 다른 할 일이 있으신가요?"

나는 원래 하고 싶은 일이 없는 사람이다. 당연히 시간이 차고 넘친다. 말없이 고개를 흔들었다. 이바라도 나와 같은 동작을 했다.

"인쇄소에 이거 갖다 줘야 하지만 이따 오후에 가도 돼."

사토시는 잠시 생각에 잠겼다.

"난 수예부 작업을 거들러 갈 생각이었는데. 요새 한동안 바늘을 못 잡았거든. 총무 위원회에도 얼굴을 내밀고 싶고. 하지만 꼭 가야 하는 건 아냐."

세 사람의 대답이 모두 모이자 지탄다는 무척 기뻐하는 표정을 지었다. 어쩐지 불길한 예감이 들었다. 경험에 따른 것이니 정확히 설명할 수는 없지만 골치 아픈 일에 말려들게 될 듯한 예감. 지탄다는 들고 있던 젓가락을 내려놓고 열띤 어조로 말했다.

"그럼 시사회에 가요!"

시사회?

왜 그 단어가 이 장면에서 등장하는지 모르겠다. 아니면 물밑에서 진행된 사정을 나만 몰랐나. 나도 모르게 사토시를 돌아보았다. 사토시는 고개를 갸웃거려 자신도 모른다는 뜻을 나타냈다. 이바라도 의아한 표정이다.

"지이, 시사회라니? 영화 시사회?"

"네. ……아, 아뇨. 일반 영화가 아니라 비디오카메라 영화예요."

비디오카메라로 촬영했다면 분명 독립 제작일 것이다.

"영화 연구회 같은 데서 찍은 거냐?"

지탄다는 고개를 흔들었다.

"아뇨."

"그럼 비디오카메라 영화 연구회구나."

그런 얼빠진 소리를 한 사람은 사토시다. 나와 이바라의 싸늘한 시선이 웃는 얼굴에 꽂혔다. 그러나 사토시는 여느 때처럼 태연했다.

"있단 말이야, 그런 것도. 고전부가 있는데 비디오카메라 영화 연구회라고 없겠어?"

사토시는 걸핏하면 시시껄렁한 농담을 하지만, 본인 왈 그 것은 '농담은 그 자리에서 끝내는 게 제일이다, 화근을 남기면 거짓말이 된다'라는 규범에 입각한다. 이 녀석이 있다고 한다면 있을 것이다. 있어도 별로 이상할 것 없을 만큼 가미야마 고등학교의 문예계 특활은 대단히 다채롭다.

그러나 지탄다는 고개를 흔들어 그 말도 부정했다.

"그것도 아니에요. 학급 참가로 2학년 F반에서 제작한 거예요."

이바라가 감탄한 표정으로 고개를 끄덕였다.

"어머나, 학급 참가? 우리 학교 축제는 학급 참가가 별로 없는 줄 알았는데. 동아리 참가가 워낙 활발하니까."

듣고 보니 그렇다. 나는 1학년 B반인데, 반에서 축제 때 뭔가를 하자는 말은 나오지도 않았다. 동아리 참가에 활력을 쏟으면서 학급 참가까지 하려면 여간 힘들지 않을 것이다. 그렇게 생각하면 고전부와 수예부, 총무 위원회까지 세 다리를 걸친 사토시는 무의미하게 대단하다.

"2학년 F반의 운동부 분들이 자기들도 축제에 참가하고 싶다고 주장해서 시작된 기획이래요. 2학년 F반에 아는 분이 있는데 보러 오지 않겠느냐고 불러 주신 거예요. 시사회를 할 테니까 와서 보고 감상을 말해 달라고요. 어때요, 안 가 보시겠어요?"

"그거 좋은데. 가자!"

사토시는 흔쾌히 승낙했다. 이 녀석의 취미에 비춰 보면 그렇게 나오는 것도 당연하다.

이바라는 미간에 살짝 주름을 잡고 물었다.

"어떤 영화인지 들었어?"

"음, 미스터리 영화라던데요."

이바라는 그 대답에 만족한 듯했다.

"오락 영화구나. 그럼 나도 갈래."

"왜, 마야카는 예술 영화는 싫어?"

"싫지는 않아. ……영화를 좋아하는 사람이 찍은 거라면."

아닌 게 아니라 '우리도 축제에 참가하고 싶다'는 동기로 찍은 예술 영화를 보고 싶은 사람은 아무도 없을 것이다.

나는 어떤가 하면.

실은 나는 영화를 좋아하지 않는다. 솔직히 예술이건 오락이건 딱히 보고 싶은 마음이 없다. 왜 영화를 싫어하게 됐는지는 나도 잘 모르겠다. 아마 작품을 소화해야 할 시간이 정해져 있다는 게 마음에 들지 않는 것 같다. 영화를 좋아하는 친구에게 이렇게 말했더니 '너는 인생의 절반을 손해 보는 것'이라는 말을 들은 적이 있다. 못 견디게 싫은 정도는 아니고 좋아하는 작품도 몇 편은 있는데…….

뭐, 집에 가서 쉬자.

입을 열려는데 지탄다의 기쁨 어린 목소리가 들려왔다.

"잘됐네요! 다 같이 갈 수 있군요."

"아니, 난…….."

"실은 말이죠, 초대해 주신 분이 세 명쯤 데려오라고 하셨거든요. 고전부 부원이라면 마침 딱 맞겠다고요."

내 말 좀 들어 줘라.

사토시가 심술궂은 미소를 띠고 나를 엄지로 가리켰다.

"지탄다, 호타로가 하고 싶은 말이 있나 본데."

"오레키 씨도 가실 거죠?"

우.

"……안 가세요?"

아.

매번 있는 일이지만 상대가 지탄다면 영 껄끄럽다. 대답하기 전부터 결과가 눈에 보인다. 어떻게 대답하건 어차피 나도 가게 될 것이다. 물론 단호하게 거절하면 그래도 가자고 강권하지는 않겠지만, 단호하게 거절하고 싶은 것도 아니라는 게 문제다.

나는 어깨를 으쓱했다. 뭐 됐다. 집에 간다고 기다리는 게 있는 것도 아니고.

시청각 교실에는 이미 암막이 내려져 있었다. 늦여름의 햇살을 효율적으로 차단해 실내가 어두웠다.

어둠 속에서 스며 나오듯 여학생이 나타났다. 어째서 그런 착각을 했나 하면, 그녀가 짙은 감색 사복을 입었기 때문이리라. 윤곽은 아직 뚜렷하지 않았다.

지탄다가 말했다.

"저희 정말 왔어요."

여학생이 우리에게 다가왔다. 그제야 비로소 모습을 확실히 볼 수 있었다.

키는 지탄다와 거의 비슷하거나 좀 더 큰 정도. 체격은 호리호리하다. 눈은 가늘고 다소 눈꼬리가 올라갔으며 하관이 갸름하게 빠졌다. 미인이라고 해도 될 정도지만, 내가 그 사람에게 가장 뚜렷하게 받은 인상은 냉철함이었다. 한 학년밖에 차이가 나지 않는 고등학생 같지 않게 위엄이라고도 표현할 수 있을 듯한 분위기가 있었다. 고등학생이 아니면 뭔가하니, 그래, 전형적인 이미지의 경찰관 아니면 교사…… 아니, 아예 자위대 대원이 어울릴지 모른다. 그것도 위관급 이상. 얼굴에 웃음기가 없는데, 그렇다고 무뚝뚝한 것도 아니다. 그녀의 태도는 감정이 없는 것에 가까웠다. 그런 스타일에 잘 어울리는 낮고 침착한 목소리로 그녀가 말했다.

"그래, 잘 왔어."

우리를 한 사람씩 훑어보았다.

"어서 와. 초대에 응해 줘서 고맙다."

지탄다가 우리를 한 사람씩 가리키며 소개했다.

"이분이 이바라 마야카 씨. 이분이 후쿠베 사토시 씨. 이분이 오레키 호타로 씨. 제가 있는 고전부 분들이에요."

소개 도중에 그녀의 표정이 미묘하게 움직인 듯 보였다. 웃은 걸까. 어두워서 잘 모르겠다. 어쨌든 금세 원 상태로 돌아갔다. 우리에게 고개를 숙여 인사했다.

"잘 부탁한다. 이리스 후유미야."

그녀가 이름을 밝히자 사토시가 반응을 보였다. 쾌재를 부르듯 큰 소리로 말했다.

"아아, 역시 이리스 선배셨군요! 본 적이 있다 싶었어요."

이리스라고 이름을 밝힌 학생은 사토시에게 흘끗 눈길을 주었다.

"넌 후쿠베 사토시라고 했던가. 미안하지만 처음 보는 얼굴인데."

"그렇습니까. 유월 마지막에 가졌던 축제 실행 위원회의 말석에 있었는데요."

"글쎄, 무슨 일이 있었던가?"

정말 잊어버렸는지 시치미 떼는 건지 이리스는 그렇게 대꾸했다. 그에 비해 사토시는 무척 즐거운 표정으로 말을 이었다.

"음악 동아리와 연극 동아리의 분쟁을 중재하셨죠. 정말 훌륭하시던데요. 한 번쯤 말씀을 나눠 보고 싶었는데, 이렇게 만나 뵙게 됐군요!"

"아아, 그래, 생각났어."

쌀쌀맞은 대답이었다.

"난 아무것도 한 게 없는데."

"네, 그게 대단한 거죠. 지금도 기억납니다. 선배는 '의장, 저 학생의 의견도 들어 봐야 합니다' 하고 세 차례 말했을 뿐이었지만 그것만으로 분규가 오 분 만에 끝났죠. 속으로 기립 박수를 보냈다고요. 의장이 감사 인사를 해야 할 사람은 이리스 선배였다고 생각합니다."

다른 사람을 칭찬하지 않는 것으로 말하자면 단연 이바라를 꼽아야겠지만, 사토시도 농담할 때를 빼고 남을 칭찬하는 일이 좀처럼 없다. 그런 사토시가 이 정도라면, 뭐가 어떻게 됐는지는 몰라도 이 이리스 후유미라는 인간, 뭔가 대단한 일을 했나 보다. 나는 멍하니 그런 생각을 하며 듣고 있었다.

사토시의 존경 어린 눈초리에도 이리스는 이렇다 할 반응을 보이지 않았다.

"그랬던가?"

"이리스 선배는 학교 행사에 별로 관심이 없다고 하셨죠?"

지탄다가 말했다. 이리스는 고개를 끄덕였다.

"난 후쿠베가 말한 위원회에 대리로 출석한 거였어. 그런 일이 있었을 수도 있겠지만 기억나지 않네. 언짢게 생각하지 않았으면 좋겠어."

"그렇습니까. 언짢게 생각하기는요."

그렇게 말하면서도 사토시는 어딘지 모르게 낙담한 듯 보였다. 그 곁에서 이바라가 지탄다에게 물었다.

"지이, 어떤 관계야?"

"저와 이리스 선배요? ……저희 집과 선배 댁 사이에 교류가 있어서요. 어렸을 때부터 이리스 선배께 여러모로 신세를 지고 있어요."

지탄다쯤 되면 집안끼리의 교제도 있는 모양이다. 적어도 오레키가에는 그런 상대가 없다. 구가 명가舊家名家도 참 힘들겠다. 그나저나 그 말은 이리스도 나름대로 지체 있는 집안의 딸이라는 뜻인가? 그럴 수도 있고, 아닐 수도 있다. 뭐, 어쨌든 그건 이리스 후유미 본인과 상관없는 일이다.

"어쨌든."

이리스가 이야기를 본론으로 되돌리며 손에 든 직사각형의 물건을 들어 보였다. 비디오테이프였다.

"오늘 너희한테 시간을 내 달라고 한 건, 이 비디오테이프를 봐 줬으면 해서야. 지탄다한테 이야기를 들었을지 모르지만, 우리 반에서 촬영한 영화거든. 이걸 보고 솔직한 의견을 들려줬으면 해."

"기대가 커요."

지탄다가 말했다.

시사회라더니 정말 시사회인 모양이다. 하지만 왜? 의문이 들기에 물었다.

"그럼 되는 겁니까?"

이리스는 내 눈을 똑바로 쳐다보았다. 어둠 속에서 날아온 시선이 날카롭게 꽂혔다. 왠지 모를 위압감을 느끼며 말을 이었다.

"보고 감상을 말하기만 하면 된다고요?"

"그럼 이상해?"

"저희가 그 테이프를 보고 비판한다고 다시 찍을 수 있는 건 아닐 텐데요. 진짜 시사회처럼 홍보를 위한 것도 아니죠. 왜 보여 주시는 건지 의미를 모르겠습니다."

그러자 무슨 이유에서인지 이리스는 만족스레 고개를 끄덕였다.

"지당한 의문이야. 아닌 게 아니라 그냥 보기만 해선 의미가 없지. 대답해 줄 순 있지만 일단 보기부터 하는 게 더 효율적일 것 같은데. 어떻게 할래?"

흠. 어째 마음에 들지 않는다. 그러나 효율적이라는 말은 내 취향이었으므로 그 이상 따지지 않기로 했다.

내가 승낙의 뜻을 밝히자 이리스는 말을 이었다.

"이 영화엔 아직 제목이 없어. 가제는 그냥 〈미스터리〉. 비디오가 끝나면 하나 물어보고 싶은 게 있으니까 그걸 염두에 두고 잘 봐 주면 고맙겠다."

이번에는 이바라가 질문했다.

"미스터리 영화라면 역시 추리가 필요한 영화인가요?"

"그렇게 생각해도 문제는 없을 것 같은데."

"그럼 메모하는 게 좋겠죠?"

"그래, 그 정도로 자세히 봐 주면 좋겠어."

그러나 우연히도 짐은 모두 지학 교실에 두고 왔다. 이바라가 가방을 가지고 와도 되느냐고 묻자 사토시가 대답했다.

"메모는 내가 할게."

늘 한시도 떼 놓지 않고 들고 다니는 끈 달린 주머니에서 수첩과 펜을 꺼냈다. ……그런 것까지 들어 있었나.

이리스는 손목시계를 흘긋 보았다. 심플한 은색 시계였다.

"그럼 슬슬 시작할까. 자리는 적당히 아무 데나 앉고."

저마다 가까운 자리에 앉았다. 사토시가 수첩을 펴는 것을 확인하고 이리스는 조정실로 향했다. 철문 앞에서 우리를 돌아보더니 한마디 남겼다.

"그럼 건투를 빈다."

문이 찰칵 닫히더니 이내 윈치가 작동하는 소리와 더불어 교실 앞쪽에 하얀 스크린이 내려왔다. 나는 편안한 자세를 취하려고 의자 등받이에 몸을 한껏 기대앉았다.

그나저나 이리스도 준비성이 없다. 영화를 상영하는데 팝콘이 없다니.

제목이 정해지지 않은 영화에 타이틀 화면이 있어야 할 이유는 없다. 영상은 갑작스레 나타났다. 장소는 한눈에 알아볼 수 있었다. 눈에 익은 가미야마 고등학교, 책걸상이 질서정연하게 늘어선 일반 교실이다. 창밖 풍경으로 보건대 저물녘이 가깝다는 것을 알겠다. 방과 후다.

내레이션이 흘러나왔다. 약간 허스키한 남자 목소리다.

'그 사건을 이야기하려면 역시 여기서부터 시작하는 것이 좋으리라. 2학년 F반 유지들은 고교 생활의 추억을 만들기 위해 간야제 참가를 결정했다. 그렇다면 무엇을 할 것인가? 어느 날 방과 후, 그들은 회의를 열었다.'

참고로 간야제란 가미야마 고등학교 축제의 속칭이다. 그러나 고전부원은 그 이름을 쓰지 않는다. 이유는 간략하게는 설명할 수 없다.

화면에 학생들이 등장했다. 여섯 명이다. 의자를 둥글게 늘어놓고 마주 앉아 있다. 이것이 축제 참가에 관해 상의하는 '회의' 장면이리라. 카메라는 그들을 한 사람씩 천천히 비추었다. 내레이션이 이름을 가르쳐 주었다.

격투기 쪽 특활이 어울릴 듯한 다부진 체격의 남학생. 머리를 짧게 쳤고 여섯 명 중 가장 키가 크다. 이름은 가이토 다케오.

호리호리하고 갸름한 외모에 유일하게 안경을 쓴 남학생. 카메라가 자기를 비추는데도 안절부절못한다. 스기무라 지로.

볕에 그을린 피부에 어깨까지 기른 머리를 밤색으로 염색한 여학생. 화면에 비치는 몇 초 동안 두 번이나 머리를 매만졌다. 야마니시 미도리.

키가 작고 약간 통통한 여학생. 살쪘다기보다 얼굴이 동그스름해서 그렇게 보이는 것뿐인지 모른다. 세노우에 마미코.

어쩐지 사람 좋아 보이는 남학생. 머리를 불그스름하게 물들였는데 솔직히 인상과 어울리지 않는다. 가쓰타 다케오.

눈을 내리깔고 있다가 카메라가 자신을 향하자 슬그머니 고개를 돌린 여학생. 차림새는 수수하고 이 중에서 가장 키가 작다. 고노스 유리.

이름이 나올 때마다 사토시가 펜을 놀리는 소리가 들렸다. 이 자리에서는 아직 한자 표기까지 알 수 없는지라 가타카나로 음만 받아 적었다.

소개가 끝나자 한 박자 쉬었다가 무슨 신호라도 받은 것처럼 호리호리한 안경잡이 스기무라가 입을 열었다.

"난 나라쿠보 지구地區 전시를 해 보면 어떨까 싶다."

이바라가 우, 하고 신음했다. 그 심정 이해한다. 억양이 너무나도 단조롭다.

"나라쿠보 지구?"

걸핏하면 머리를 매만지는 야마니시가 묻자 빨간 머리 가쓰타가 대답했다.

"들어 본 적 있는데. 그거 분명히 후루오카 정에 있는…….."

"그래, 폐촌. 광맥의 발견과 더불어 생겨나 광맥이 고갈되자 사라졌다."

연속으로 교과서 읽는 말투다. 하지만 그럴 만도 하다. 지탄다 말처럼 '2학년 F반의 운동부 분들이 자기들도 축제에 참가하고 싶다고 주장해서 시작된 기획'이라면 그들은 연극부원이 아니다.

덩치 좋은 가이토가 우람한 팔로 팔짱을 꼈다.

"흠, 폐촌 취재냐. 재미있겠는데."

"딱 한 번 가 본 적 있는데 꽤 박력 있더라. 볼만한 가치가 있어. 한 마을의 일생을 역사적으로 추적해 보는 것도 재미있을 것 같고."

"그런 게 어디가 재미있다는 거야?"

야마니시의 이 대사는 무관심한 느낌이 잘 묻어나 있었다. 어쩌면 그녀 본인의 감상인지도 모른다. 한편 얼굴이 동그란 세노우에는 자못 연극적으로 몸을 앞으로 내밀었다.

"하지만 취재는 재미있을 것 같아. 폐허에 가는 거잖아? 나, 폐허에 가 본 적 없거든."

내내 눈을 내리깔고 있던 고노스가 끼어들었다.

"나라쿠보는 나도 알지만…… 산속 꽤 깊은 곳이야. 제일 가까운 버스 정류장에서 한 시간은 걸어가야 하는데."

"말도 안 돼."

불만스레 말한 사람은 야마니시다. 그런 역할인가. 한편 가이토는 여유 있는 표정이었다.

"한 시간이 뭐 대수라고. 그런 건 하이킹도 아니야. 기껏해야 소풍이지."

"그럼 축제 때 나라쿠보 지구의 조사 자료를 전시하는 걸로 정한 거다?"

스기무라의 말에 가쓰타가 이의를 제기하고 나서 그저 폐촌에 관해 조사해 자료를 전시하는 것만으로는 재미없다고 했다. 야마니시가 그에 동조하며 다른 것을 하자고 하고, 세노우에가 그렇다면 전시 방법을 색다르게 하면 된다고 주장했다가 그럼 어떻게 하자는 말이냐는 질문에 대답하지 못하고, 스기무라가 탐험기풍으로 만들면 어떻겠느냐고 제안했다가 고리타분하다고 딱지 맞고, 고노스가 오컬트풍으로 하자고 하자 그거 제법 재미있겠다고 호평이었는데, 하지만 소재가 없으면 심심하다는 의견에 그건 자기가 조사하겠다고 스기무라가 장담하고 나서고, 그러는 틈틈이 저 애가 저 애에게 마음이 있고 저 애와 저 애는 라이벌이며 등등 인간관계가 서툴게 그려졌으나 그 언저리는 모조리 생략하자. 첫 장면에서 중요한 것은 아마 이 정도일 것이다. 화면이 암전되고 내레이션이 한 말인즉슨,

'일주일 뒤 그들은 후루오카 정 나라쿠보 지구로 향했다.'

검은 화면이 잠시 이어지다가 영상이 다시 나왔을 때, 카메라가 비춘 것은 학교가 아니라 한여름 특유의 짙은 녹색으로 둘러싸인 산속 풍경이었다. 이곳이 나라쿠보 지구이리라.

후루오카 정은 나도 안다. 이곳 가미야마 시에서 북쪽으로 이십 킬로미터 정도 떨어진 곳이다. 납이었나 뭐였나, 금속

광산이 있어 한때 꽤 번성했으나 그 뒤 정해진 코스를 밟아 영락하고, 폐광된 지금은 이렇다 할 주요 산업이 없는 지역이다. 그렇지만 나라쿠보 지구라니?

그것을 이바라가 사토시에게 물었다.

"후쿠, 나라쿠보 지구 알아?"

사토시는 알고 있었다. 별반 놀랄 일은 아니다.

"응, 후루오카 광산의 현역 시절엔 갱이 있던 지역이야. 교통편은 나쁘지만 광산 전성기엔 엄청 융성했다던데."

그러더니 사토시는 거물 엔카 가수의 이름을 두셋 들었다.

"……도 왔다더라."

이바라는 적잖게 놀란 듯했다. 나도 굳이 따지자면 놀랐다. 과장을 보태지 않고 정말 거물들이었기 때문이다.

"하지만 말이지……."

뒷말을 이으려는 사토시를 지탄다가 한마디로 제지했다.

"시작했어요."

영상은 여름철 잡목림을 비추며 백팔십도 회전하는가 싶더니 학생들을 비추었다. 조금 전과 달리 모두 사복 차림이다. 더운 날씨에 알맞은 가벼운 복장이었다. 각각 조그만 배낭을 멨다. 속에 무엇이 들었는지는 알 수 없다.

야마니시가 뻣뻣이 서서 말했다.

"덥다. 꽤 많이 걸었는데 아직 멀었어?"

스기무라가 대답했다.

"이제 다 왔어. 오 분이면 뒤집어쓴다."

"아까부터 계속 그 소리잖아. 이렇게 더운 날씨에. 난 이제 지쳤어."

"너만 덥겠냐. 자, 어서 가자."

가이토의 말을 신호로 그들은 걷기 시작했다. 그 뒤를 카메라가 따라갔다.

나라쿠보 지구는 과연 산골이었다. 길 양옆으로 지금껏 손질을 한 적이 있기는 한지 의심스러운 잡목림이 이어졌다. 나무들 사이로 이따금 보이는 후루오카 정인 듯한 마을은 저기 저 밑이다. 도로는 포장되어 있기는 하지만 여기저기 깨지고 상했다. 갓길의 아스팔트는 벗겨졌고, 주먹만 한 돌멩이가 곳곳에 뒹군다. 도로 상황이 나쁜 탓도 있겠지만 카메라가 심하게 흔들렸다. 배우가 전문 배우가 아니라면 카메라맨도 마찬가지일 것이다. 나처럼 영화를 잘 모르는 사람도 카메라맨이 촬영에 익숙지 않다는 것을 잘 알 수 있었다. 그나저나 보기 불편한 영화다.

영상이 뚝 끊기더니 길을 걷는 일행을 뒤에서 찍는 앵글로 재개되었다. 이윽고 선두에 선 스기무라가 안경을 고쳐 쓰고 앞쪽을 가리키며 말했다.

"저기 보인다. 저게 나라쿠보야!"

전원이 스기무라와 나란히 섰다. 카메라가 따라와 스기무라가 가리키는 방향을 비추었다. 산속 분지에 폐허가 펼쳐져 있었다.

폐허. 지방 도시일지언정 현대 일본에 사는 내게 겨우 이십 킬로미터 떨어진 곳을 그렇게 표현한다는 것은 몹시 현실감이 없는 일이다. 드문드문 보이는 집들은 창문이 깨지고 지붕이 내려앉은 것이, 느린 붕괴의 길을 걷고 있는 듯했다. 이곳에 광산이 있었다면 그곳에서 일하는 사람들의 사택이었음이 분명한 연립 주택들은 사람이 살든 안 살든 왕성한 번식력을 자랑하는 넝쿨 식물에 포위되어 있었다. 상점으로 보이는 건물 처마 밑에는 아직 법랑 간판이 달려 있었다. 그것이 사람이 떠난 거리의 적막함을 더욱 강조했다. 스기무라의 극중 대사처럼 한 번쯤 봐 둘 가치는 있을 것 같다.

카메라가 거리를 죽 훑었다. 촬영 기술의 미숙함과 배우의 서툰 연기를 보완하고도 남을 만큼 박력 넘치는 영상이었다.

배우들도 그 광경에 적잖이 동요한 듯했다. 누가 카메라를 등진 채 굉장하다고 중얼거렸다. 대사가 아니지 않았을까.

그러나 곧 연기가 재개되었다.

"그래, 이곳이라면 취재할 가치가 있을 것 같은데."

가쓰타가 그렇게 말하며 주머니에서 일회용 카메라를 꺼내 사진을 찰칵 찍었다. 세노우에는 공책을 꺼내 메모하는 시늉을 했다. 그것이 일단락되기를 기다려 가이토가 큰 목소리로 지시를 내렸다.

"아무튼 밤을 지낼 수 있는 곳을 확보하자. 취재는 그 뒤에 하고."

"저기가 좋지 않을까?"

고노스가 또다시 나라쿠보의 폐허를 가리켰다. 카메라는 그녀가 가리키는 곳을 줌으로 비추었다. 작은 촌락에 걸맞지 않는 커다란 건물이 보였다. 극장인 듯하다.

"저기라면 비가 와도 괜찮을 것 같아."

"그래, 그럼 가자."

여섯 명은 촌락으로 이어지는 비탈을 내려갔다. 거기서 일단 아웃.

인은 극장 앞에서부터. 일행은 두 짝으로 된 유리문 앞에 모여서 동시에 건물을 올려다보았다. 카메라도 지저분한 벽면을 따라 올라가며 위를 비추었다. 비스듬한 앵글로 찍은 극장은 기묘한 존재감이 있었다.

카메라가 내려와 다시 일행을 비추자, 유리문을 당겨 연

가이토를 선두로 한 명씩 들어갔다. 마지막으로 남은 것은 눈을 내리깔고 있는 고노스였다. 그녀는 중얼거렸다.

"어쩐지 안 좋은 예감이 들어."

그러고는 그녀도 극장 안으로 들어갔다. 문은 열려 있고. 여섯 명은 어둠 속. 컷.

뜻밖에도 사토시와 이바라가 동시에 소리쳤다. 사토시는 기뻐하며, 이바라는 불만스레.

"저택 미스터리구나!"

"저택 미스터리야?"

영화는 저택…… 아니, 극장 안에서 재개되었다. 폐촌에 전기가 들어올 리 없으니 건물 안은 어둡다. 여름 햇살에 사물의 윤곽이 또렷했던 바깥에 비해 영상의 선명도가 확 떨어졌다. 그래도 배우의 얼굴을 못 알아볼 정도는 아니다. 석재 바닥인지 또각또각 여섯 명의 발소리가 들렸다.

"먼지투성이잖아."

야마니시가 푸념하듯 중얼거리며 옷을 털고 머리를 매만졌다. 영상에서 받는 인상으로 미루어 보건대 아마 정말로 먼지가 많을 것이다. 그 옆에서 가쓰타가 위를 올려다보았다.

"지붕은 튼튼한 것 같은데."

여전히 공책을 들고 있던 세노우에가 스기무라를 돌아보았다.

"이런 산속에 용케 이런 극장을 지었네."

"광산에 돈이 있었거든. 오래전 얘기지만. 게다가 이런 첩첩산중이니 이 정도 오락은 필요하지 않았을까."

이런 종류의 이야기를 좋아하는 사토시가 호오, 하고 중얼거리더니 내게 나지막이 말했다.

"제법 그럴싸한 대사도 나오는걸."

비디오카메라 영화의 대사에 딱히 그럴싸함을 바라지 않는데.

화면 속에서 가이토가 발을 굴렀다. 덩치가 있다 보니 바닥에 울리는 소리가 유난히 크다. 무엇을 하는 건가 생각하는데 카메라가 발치를 줌으로 당겼다. 어슴푸레한 빛을 받아 반짝이는 것은 보아 하니 유리 파편인 듯했다.

가이토는 과장되게 눈살을 찌푸렸다.

"여기서 밤을 보낸다는 건데…… 여긴 위험하겠는걸. 바닥이 유리투성이야."

카메라가 주위를 빙 돌며 비추었다. 어두워서 잘 알 수 없지만 이곳이 극장이라면 일행이 있는 곳은 현관 로비이리라. 계단 둘에 방 하나가 보였다. 다시 한번, 이번에는 약간 위쪽을 향해 한 바퀴. 2층이 보인다. 로비는 2층까지 천장이 뚫려 있는 모양이다. 스기무라와 가쓰타가 연달아 말했다.

"잘 수 있을 만한 곳을 찾는 게 좋겠는데."

"그러게, 어두워지기 전에."

가이토는 고개를 끄덕이고 일동을 둘러보았다.

"흩어져서 적당한 곳을 찾아보자. 안내도가 어디 없을까."

"이쪽에 있어."

고노스가 현관 옆에서 손짓했다. 가이토가 그쪽으로 가려는 데서 아웃.

카메라는 한동안 고노스가 찾아낸 극장 내부 안내도를 비추었다. 어두워서 잘 보이지 않겠다고 판단했는지, 여기서만은 손전등으로 짐작되는 불빛이 조명으로 사용되었다.

"오오, 안내도다!"

사토시가 감격하며 안내도를 베끼기 시작했다. 화면에 비친 안내도는 세부가 흐릿하기는 해도 스크린에 크게 투영된 덕에 글자까지 이럭저럭 판독이 가능했다. 삼십 초는 너끈히 비춰진 덕분에 사토시는 안내도를 전부 베낄 수 있었다.

사토시가 베낀 안내도에 따르면 극장은 이 층 건물이다. 현관으로 들어서면 우선 현관 로비. 여기가 지금 일동이 있는 곳이다. 그리고 그 바로 옆에 사무실이 있다. 건물 안쪽으로 들어가면 벽이 나온다. 벽에는 문, 그 안은 홀. 홀 안쪽에 당연히 무대가 있다. 무대를 보고 홀 좌우로도 통로가 있고 그 통로를 따라 분장실이 오른쪽에 둘, 왼쪽에 둘 마련되어 있다. 통로를 따라 끝까지 가면 무대 옆이다.

현관 로비 좌우에 2층으로 올라가는 계단이 있다. 오른쪽 계단을 올라가면 브리지를 통해 조명실 문을 지나 무대 상부로 나올 수 있다. 왼쪽 계단을 올라가면 사무실 바로 위로 소도구실이 있으며, 또 조명실과 좌우 대칭의 위치에 있는 음향조정실과 무대 상부로 갈 수 있다. 그렇지만 좌우 통로가 현관 로비 상부에서 연결되기 때문에 오른쪽 계단으로 올라간다고 소도구실에 갈 수 없는 것은 아니다.

스크린 속의 인물들도 이것을 보고 있을 터다.

안내도를 비추던 화면이 가이토의 클로즈업으로 바뀌었다.

"분담해서 안을 살펴보자."

"위험하지 않겠어?"

가쓰타가 말했다.

"이런 폐허에서 뭐가 위험하다는 거냐?"

가이토가 우기자 세노우에가 의문을 제기했다.

"하지만 방 안에 들어갈 수 있을까. 잠겨 있을 것 같은데."

그 말에는 가이토 대신 고노스가 대답했다.

"괜찮아. 분명히 열쇠가 있을 거야."

그러더니 현관 로비 옆 사무실로 들어갔다. 이상하게도 사무실은 잠겨 있지 않았다. 카메라는 고노스를 따라 사무실로 들어갔다. 고노스는 주위를 두세 번 둘러보더니 "역시나" 하고 중얼거리며 벽에 붙은 열쇠 보관함으로 다가갔다.

"봐, 여기."

그러더니 있는 열쇠를 죄 꺼냈다. 보관함에 열쇠가 하나 남았다. 카메라가 그 하나 남은 열쇠를 비추었다. 조명이 어둡다 했더니 불빛이 비쳤다. 열쇠고리에 적힌 글씨를 보아 하니 마스터키다.

"이 정도면 건물 안을 살펴볼 수 있을 거야."

고노스는 로비로 돌아와 열쇠 다발을 가이토에게 보여 주었다. 가이토는 고개를 끄덕이고 열쇠 하나를 골랐다.

"그럼 적당히 골라 가져가라. 쓸 만한 방이 있는지 찾아봐. 다소 어지러운 건 상관없지만 불을 피워도 괜찮겠는지, 누워도 위험하지 않을지 확인해 줘."

고노스는 다른 사람들을 향해 돌아서 열쇠 다발을 들고 자기 것을 집었다. 손이 뻗어 나와 잇따라 열쇠를 골라 갔다. 열쇠가 다 없어졌다.

웃음기를 머금은 목소리로 사토시가 말했다.

"실제 상황이라면 말이지, 실제로 저런 곳에 들어간다면 다 같이 단체로 움직일 것 같지 않아? 개별 행동을 하다니."

"폐옥에 들어가는 시점에서 이미 사실적이지 않다만, 이 장면이 수상하다는 뜻이냐?"

사토시의 웃음이 더욱 의미심장해졌다.

"아니, 수상하진 않아. 개별 행동을 해야 사건이 일어날 테니까. 정해진 수순이라고."

"그럼……."

"그래. 이제 곧 사건이 벌어질 거야. 치즈 핫도그를 걸어도 돼. 여기서 이제 헤어지고 나면 누구 한 명이 안 돌아올 거다."

사토시 옆에서 이바라가 무시무시하게 험악한 눈초리로 나를 노려보았다. 쓸데없는 소리 말고 잠자코 보라는 뜻이리라. ……말을 건 사람은 내가 아닌데.

화면 안에서 열쇠를 받아 든 일행들이 각자 안내도를 확인하고 건물 안쪽으로 사라졌다. 맨 처음 가이토가 떠나고 이어서 스기무라, 야마니시, 세노우에, 가쓰타, 고노스 순이다. 로비에는 그리고 아무도 없었다. 아무도 없는 영상이 잠시 이어지다가 컷.

어둠 속에서 내레이션.

'사건은 이 뒤에 벌어진다.'

"아무렴, 그러시겠지."

이건 사토시의 말이다.

그거 봐라, 또 이바라가 노려보잖냐.

다음 장면은 현관 로비에서 시작되었다.

아직 아무도 없다.

이윽고 오른쪽 계단으로 고노스가 내려왔다.

이어서 왼쪽 통로에서 야마니시가 나타났다.

얼마 있다가 역시 왼쪽 통로에서 가쓰타가 모습을 드러냈다. 가쓰타는 먼저 와 있던 두 사람에게 물었다.

"그쪽은 어때?"

야마니시가 실쭉한 표정으로 대답했다.

"거울 파편이 흩어져 있어서 청소를 해야 쓸 수 있을 것 같아."

고노스는 말없이 고개를 내저었다.

"그래. 이쪽도 별로 다르지 않아."

조금 뒤 왼쪽 계단으로 세노우에가 내려왔다. 내려오다 말고 팔을 교차해 크게 가위표를 그려 보였다.

문득 가쓰타가 위를 올려다보았다. 카메라가 시선을 좇았다. 천장이 뚫린 로비에서 2층 소도구실 창문이 잘 보인다는 것을 알 수 있었다. 부자연스러우리만큼 창문이 오래 비춰진 뒤, 가쓰타는 2층을 향해 큰 소리로 외쳤다.

"어이, 스기무라, 그쪽은 어때?"

스기무라의 얼굴이 창에 나타났다.

"비교적 깨끗해. 불에 탈 만한 것도 없고. 괜찮겠어."

"그래, 아무튼 내려와라."

"알았어."

스기무라는 바로 내려왔다. 로비에 다섯 명이 모였다. 전원이 마주 보았다.

과연 한 명이 없다. '피해자'가 정해졌다. 야마니시가 말했다.

"가이토는?"

"아직도 조사중인가?"

가쓰타가 고개를 갸웃했다.

"뭐, 됐어. 나머지는 다 모였으니까 우리가 가자. 가이토는 이쪽으로 갔지?"

가쓰타는 오른쪽 통로를 가리키며 말했다. 전원이 차례차례 고개를 끄덕였다. 앞장선 가쓰타에 이어 모두 오른쪽 통로로 들어갔다. 카메라도 그 뒤를 따랐다. 통로로 들어서자 광량이 더욱 부족해 이제는 무엇이 비춰지는지도 알 수 없었다.

누가 손전등을 켜 통로 중간에 있는 문을 비추었다. 가쓰타가 문을 열었다. 안은 분장실이다. 거울이 늘어서 있고 버려진 의상이 마구 흩어져 있다. 아무도 없다.

"이상한데."

"무대 옆에 있는 거 아냐?"

그 말에 일동은 통로를 따라 더 안으로 들어갔다. 좌우지간 어둡다.

또다시 손전등이 무대 오른쪽으로 이어지는 '관계자 외 출입 금지' 문패가 붙은 문을 비추었다. 가쓰타가 손잡이를 돌렸으나 문은 열리지 않았다.

"왜 그래?"

"문이 안 열려. 잠겨 있어."

"어쩌지?"

"……사무실에 마스터키가 있었어. 가서 가져올게."

누가 무슨 말을 했는지 알 수 없는 대화가 오간 뒤, 뛰어가는 발소리가 들렸다. 두 종류의 발소리가 섞인 것으로 보아 두 명이 뛰어갔나 보다. 잠시 장면 컷이 있은 뒤, 또다시 불빛이 문을 비추더니 열쇠를 열쇠 구멍에 꽂는 소리가 들렸다.

문이 열리고 일동이 방 안으로 들어섰다.

무대 오른쪽 옆에는 창문이 있었다. 본래 걸려 있어야 할 암막이 없어 햇빛이 든다. 그 빛으로 방 안쪽, 창가에 누가 쓰러져 있는 게 보였다. 당연히 가이토다.

"가이토!"

스기무라가 달려갔다. 가쓰타도 그 뒤를 이었다. 가이토가 쓰러져 있는 곳까지 거의 다 와서 스기무라가 넘어졌다. 일어나 손바닥을 본다. 카메라가 다가가 손을 비추었다. 광량이 충분치 않아 잘 알 수 없지만 보아하니 뭐가 묻은 것 같다. 스기무라가 중얼거렸다.

"피야……."

비명 소리가 들렸다. 방 입구에 선 세 여학생을 카메라가 비추었다. 야마니시는 할 말을 잃고 손으로 입을 막고 있다. 세노우에는 두 팔로 자기 몸을 부둥켜안고 있다. 고노스는 주먹을 부르쥐었다. 쓰러져 있는 가이토의 복부가 피로 흥건히 젖어 있었다. 눈은 감았다. 어설프게 눈을 까뒤집고 있느니 그편이 낫다. 영상은 거기서 가이토의 옆을 줌으로 당겼다. 뜻밖에도 팔이 뒹굴고 있다. 분명 소도구겠지만 화면이 어두운 탓에 박력이 넘쳤다. 그리고 팔 옆에 떨어져 있는 것은 가이토가 들고 갔던 열쇠다.

"아아⋯⋯."

바로 곁에서 탄식이 들려왔다. 지탄다인가.

화면 속에서는 가쓰타가 할 말을 잃고 우뚝 서 있다.

"가이토! 젠장, 어떤 놈이!"

참 신속하게도 정신을 차린다. 가쓰타는 창가로 달려가 창
문을 열려 했다. 보아하니 위로 밀어 올려 여는 식인 것 같
다. 오랜 세월 쓰지 않은 창문은 좀처럼 열리지 않았다. 가쓰
타는 창틀을 잡고 덜컹덜컹 흔들더니 급기야 몸으로 들이받
듯 해서 밀어 올렸다. 둔탁하게 삐걱삐걱 소리를 내며 열린
창문으로 몸을 내밀고 밖을 보았다. 카메라가 여전히 흔들리
며 밖을 비추었다. 건물 벽 바로 밑에까지 여름풀이 무성하게
자란 게 보였다.

가쓰타는 몸을 돌려 이번에는 무대 쪽으로 향했다. 카메라
가 환한 바깥에서 어두운 안으로 급히 방향을 바꾼 탓에 화면
이 한순간 캄캄해졌다. 그래도 카메라가 가쓰타를 따라가는
것은 알 수 있었다. 가쓰타는 무대로 뛰쳐나가 단숨에 무대
왼쪽 옆으로 달려가더니 우뚝 섰다. 무대 왼쪽 옆과 왼쪽 통
로를 잇는 문은 각재가 쌓여 있어 완전히 막혀 있었다.

"말도 안 돼⋯⋯."

암전.

그러더니.

영상은 그대로 뚝 끊긴 채로 끝났다.

"……."

얼마 동안 기다려 보았다. 그러나 스크린에 아무것도 비춰지지 않았다.

"끝난 거야?"

이바라가 맥 빠진 목소리로 중얼거렸다.

"……그런 것 같은데."

사토시가 그렇게 대답한 것이 마치 신호가 된 양 윈치가 움직이는 소리가 나더니 스크린이 말려 올라갔다. 지탄다가 스크린을 붙들려는 양 허공에 손을 뻗는 모습이 애수를 자아낸다.

"어, 어, 그렇지만 아직 안 끝났는데요."

"잠깐, 기재가 고장 난 건지도 몰라."

내가 그렇게 말하자 뒤에서 대답이 돌아왔다.

"아니, 그렇지 않아."

뒤를 돌아보자 어느새 조정실에서 나왔는지 이리스가 서 있었다. 손에 비디오테이프를 들었다.

"테이프는 이걸로 끝이야."

조금도 동요한 것 같지 않다. 당연히 이리스는 알고 있었으리라. 테이프가 거기까지라는 것을. 사토시가 어딘지 모르게 분위기를 수습하듯 말했다.

"그럼 이야기는 거기서 끝나는 건가요? 결말은 당신 가슴속에 있다는 식으로?"

"그것도 물론 아니야."

그렇다면 이 테이프는 미완성이라는 뜻이다. 사람을 불러다 놓고 아직 완성도 안 된 영화 시사회를 열었다고?

나는 낮은 목소리로 중얼거렸다.

"어디 설명을 들어 볼까요. 설마 '시사회'가 이걸로 끝은 아닐 테죠."

이리스는 나를 물끄러미 쳐다보며 고개를 끄덕였다.

"설명은 하겠어. 하지만 그 전에 하나만 물어볼까. 방금 본 비디오, 기술적으로는 어떻게 생각하지?"

우리는 서로 마주 보았다. 지탄다는 어떤지 모르지만 나머지 세 사람의 의견은 십중팔구 일치할 것이다. 대답한 사람은 이바라였다.

"솔직히 말씀드려서 미숙하다고 생각해요."

예상했던 대답이었으리라.

"내 생각도 그래. ……너희도 알고 있을지 모르지만, 간야제는 문예계 동아리 활동의 제전이야. 원래라면 학급 활동이 들어갈 여지는 없지. 그런데 우리 반 애들은 그걸 받아들이지 않았어. 필요한 기술을 가진 인간은 다들 각각 자기 동아리 활동에 몰두하고 있는데도 그 애들은 그래도 자기들 것을 만들고자 했어. 하지만 기술이 없는 사람이 아무리 정열을 쏟아부어 봤자 결과는 빤하지. 보시다시피 말이야."

신랄한 진리를 아무런 감정도 섞지 않고 담담히 말한다.

그렇지만 그건 그것대로 괜찮지 않나? 그런 생각을 하는데 이리스도 같은 말을 했다.

"나는 그래도 괜찮다고 생각해. 그 애들은 자기들 것을 만들고 싶은 것뿐이니까 원하는 대로 하면 되지. 그 결과 보는 사람들한테 비웃음을 산다 해도 그 애들은 신경 쓰지 않을 거야. 자기만족의 세계야. 바보 같긴 하지만 못 하게 막을 일은 아니라고 생각해."

"완성도는 문제가 아니란 말씀인가요?"

이바라의 말에 이리스는 고개를 끄덕였다.

"전적으로 문제가 안 된다곤 않겠어. 결과가 좋으면 만족도 크겠지. 하지만 본질적으로 중요하다고 생각하진 않아. ……그렇다면 이 기획에서 치명적인 사태란 뭐겠어?"

사토시가 잠시 생각하더니 대답했다.

"완성하지 못하는 거군요."

"그래, 그래선 자기만족조차 불가능해. 그런데 비디오는 아직 완성되지 않았어. 너희가 봤다시피 촬영지가 특수하니 여름 방학중에 찍어야 하는데."

"촬영이 잘 진행되지 않은 건가요?"

지탄다가 걱정스레 물었다.

"문제는 있었어도 그 애들은 그걸 해결해 왔어. 교통편이며 대본 진행 상황을 고려해서 촬영은 두 번에 나눠서 하기로 했는데, 일정대로 순조롭게 소화됐다고 해. 계획대로라면 다음 주 일요일 촬영으로 영화가 완성됐을 거야."

"그런데 그게 엿장수 마음대로 안 됐다?"

내 빈정거림에 이리스는 진지하게 대답했다.

"기술이 없는 사람한테 역할을 맡긴 게 치명적이었어. 그 애들은 비디오카메라 영화를 만들기로 하고 내용을 '미스터리'라고만 정했어. 하지만 그에 적합한 대본을 쓸 수 있는 사람이 없었던 거야. 이야기를 창작해 본 경험이 있는 사람조차 한 명뿐이었어. 혼고 마유라고 하는데, 만화를 좀 그려 본 것뿐이었는데도 한 시간짜리 비디오카메라 영화의 대본을 맡게 됐어."

그게 얼마나 심각한 사태인지, 이야기를 창작해 본 경험이 없는 나는 모른다. 그러나 옆에서 이바라가 눈살을 찌푸리는 게 보였다. 녀석도 '만화를 좀 그려 본 것뿐'인 사람이다. 동정이 가는 부분이 있는 것이리라.

"혼고는 잘해 줬어. 미스터리라는 장르를 전혀 접해 본 적이 없는데도 용케 여기까지 각본을 썼다고 생각해. 하지만 혼고는 힘이 다하고 말았어. 지금 너희가 본 데까지 쓰고는 쓰러진 거야."

쓰러졌다니 예삿일이 아니다. 지탄다가 목소리를 낮추었다.

"어떻게 되셨는데요?"

"신경성 위염. 정신적으로는 울증. 중병이라 할 정도는 아니지만 마저 써 달라고 요구할 수 있는 상태는 아니야. 뒤를 이어 줄 사람이 필요해."

오싹했다.

"설마 우리더러 그걸 맡아 달라는 겁니까?"

각본가 노릇을 하라고?

이리스가 살짝 웃었다.

"아니, 그런 부탁을 할 순 없지. 난 그저 시사회를 열었을 뿐이야. 그리고 영화를 본 너희한테 물어볼 뿐. ……사건의 범인이 누구라고 생각하지?"

그러고 보면 그 비디오는 명색이 미스터리라면서 탐정 역에 해당하는 인물이 없었다. 그것은 첫째, 이야기가 해결 단계까지 못 갔기 때문이고, 둘째로 기획의 출발점을 생각하건대 아마 출연자 전원에게 역할을 균등하게 분배했기 때문이리라. 그나저나 설마 우리에게 '탐정 역할'이 맡겨질 줄은 몰랐다. 그러나…… 내가 납득하지 못하고 석연치 않아 하는 사이에 이바라가 물었다.

"하지만 선배, 저기까지 보고 범인을 찾아낼 수 있을 거란 보장은 없지 않나요?"

이리스는 고개를 가로저었다.

"그건 걱정 없어. 혼고는 해결 편을 쓰기 직전에 쓰러졌으니까 이다음 장면부터 해결이 시작됐을 거야."

사토시도 질문했다.

"하지만 탐정 소설 초보가 쓴 대본에 복선이 잘 깔려 있을까요? 끝에 가서 뜻밖의 진실이, 같은 거면 곤란한데요."

"그 점도 문제없어. 그 애는 지나치다 싶을 정도로 신경 써서 대본을 썼어. 미스터리를 '공부'해서 말이지. 십계도, 아홉 개 명제도, 스무 개 법칙도 지켰을 거야."

지탄다의 얼굴에 물음표가 떠올랐다. 십중팔구 내 얼굴에도. 십계라니?

"십계라니, 너는 너의 하나님 여호와의 이름을 망령되이 일컫지 말지니라, 말씀인가요?"

어째서 그렇게 안 유명한 계명을 예로 드는 거냐. 지탄다의 의문에 사토시가 득의양양하게 대답했다.

"아니, 그 모세의 십계를 본 딴 녹스의 십계야. 중국인을 등장시키면 안 된다든지, 요컨대 탐정 소설이 지켜야 할 규칙이지. 혼고 선배가 그런 걸 지켰다면 페어플레이라고 봐도 틀림없을 거야."

중국인이 나오면 안 된다니 오락물에 중국인이 등장하면 정치적으로 무슨 문제라도 있나? 하지만 SF에는 곧잘 나오는 것 같은데…… 무엇보다도 페어플레이와는 상관없지 않나. 녹스라는 인간에 관해 조사해 보면 알 수 있을까.

내가 고민하는 사이에 이리스가 이야기를 정리했다.

"다시 말해 문제는 적절하게 제시되어 있다는 거야. 그걸 염두에 두고 생각할 때 '범인'은 누구겠어?"

산골 폐촌에서 벌어진 살인 사건의 범인이 누구냐고? 웃기는 이야기다.

사토시와 이바라, 지탄다가 서로 마주 보았다.

"누구냐고 물으시면 좀 그런데요. 데이터베이스는 결론을 내릴 수 없으니 말이죠."

"그러게. 나도 좀 자신이……. 수상쩍어 보인 사람은 있었지만."

"저, 비디오 안에서 가이토 선배는 돌아가신 건가요?"

각자 제멋대로 한마디씩 한 뒤 거의 동시에 나를 보았다. 등받이에 몸을 한껏 기댄 내게 세 개의 시선이 꽂혔다. 눈을 미묘하게 다른 방향으로 돌렸다.

"……왜?"

"아니, 이런 일은 네 담당이 아닐까 싶어서."

사토시가 여느 때처럼 웃는 얼굴로 뻔뻔하게 지껄였다.

"이런 일이라니 어떤 일."

"그러니까 '탐정 역할' 말이야."

그때 나는 내가 어떤 표정을 짓고 있을지 완벽하게 알 수 있었다. 그게 어떤 표정이냐 하면, 사토시가 말한 대로다.

"싫어하는 표정이네."

말없이 고개를 끄덕였다. 나는 평범한 고등학생으로서, 또 에너지 절약을 신조로 받드는 자로서 묘한 기대는 결단코 사절이다. 과대평가는 곤란하다. 게다가 무엇보다도,

"별로 진지하게 안 봤는데."

말이 떨어지기가 무섭게 지탄다가 큰 소리로 말했다.

"그럼 한 번 더 보죠!"

그게 왜 그렇게 되냐?

내 심정을 짐작한 것처럼 이리스가 타일렀다.

"난 참고 의견을 듣고 싶은 것뿐이니까 편하게 이야기해 주면 돼."

"그렇습니까. 그럼 야마니시 선배라고 생각합니다."

지탄다가 고개를 갸웃했다.

"왜죠?"

"태도가 나빴으니까."

"오레키!"

이바라의 날카로운 질책이 날아들었다. 그러나 나는 꿈쩍하지 않았다. 이바라가 무서운 것은 녀석이 잘못에 엄격하기 때문이다. 나는 딱히 잘못한 것 없다.

"그럼 가쓰타. 힘이 셀 것 같으니까."

사토시가 한숨을 쉬며 팔짱을 끼었다.

"흠, 아무래도 마음이 안 내키나 보네. 섣부른 소리는 할 수 없다는 거야?"

그것도 있지만 그게 다는 아니다. 도무지 납득이 안 되기 때문이다. 나는 나를 똑바로 쳐다보는 이리스에게 말했다.

"질문이 있는데요."

"해 봐."

"왜 제삼자인 저희한테 묻는 거죠? 2학년 F반 문제는 2학년 F반에서 해결하면 될 것 아닙니까."

이리스는 맞는 말이라는 양 고개를 끄덕였다.

"의논하는 자리도 가졌고 의견도 널리 들어 봤어. 하지만 하나같이 어디가 어떻다고 딱 집어 말할 순 없어도 고개를 갸우뚱하게 하는 것들뿐이었거든. 아까 한 말을 한 번 더 하자면, 필요한 기술을 갖지 못한 인간은 맡은 일을 잘 해낼 수 없어."

"선배 자신도 말입니까?"

"유감이지만 그래. 난 자꾸만 누가 범인 역이면 제일 그럴싸할까 생각하게 되거든. 게다가 난 전체를 돌봐야 해. 여기에만 시간을 들일 순 없어."

"그럼 왜 처음부터 미스터리를 제재로 삼는 걸 막지 않은 겁니까?"

다소 따지듯 묻고 말았다. 이리스는 처음으로 눈을 내리깔았다. 그러나 냉철한 말투는 달라지지 않았다.

"난 처음엔 기획에 참가하지 않았어. 지난 삼 주 동안 홋카이도에 가 있었거든. 가미야마로 돌아와서 감독 역할을 맡은 애한테 사정을 듣고 사태 수습에 나선 게 그저께. 만약 처음부터 참가했다면 이런 엉터리 계획을 추진하진 않았을 거야."

그렇다면 선배와는 상관없는 이야기 아닙니까. 같은 반 학생들을 저버릴 수 없어서 그러는 겁니까. 아무리 그래도 그렇게 물을 수는 없었다.

질문을 바꾸었다.

"그럼 두 번째. 왜 저희죠? 지탄다한테 에둘러서 말씀하신 모양인데, 보아하니 처음부터 저희를 부를 생각이셨던 것 같잖습니까. 작은 학교라곤 해도 가미야마 고등학교 학생은 천 명, 그중에서 왜 하필 저희 고전부인 겁니까?"

"우선, 지탄다와 안면이 있었어."

그렇다면 십중팔구 이렇게 덧붙일 수 있으리라. 지탄다라면 관심을 가질 것이라고 생각했다고. 이리스는 그러더니 내게 시선을 맞추었다.

"그리고 다른 이유는 너 때문이야."

"저요?"

생각지도 못한 대답이었다. 지탄다며 사토시, 이바라가 내게 눈을 돌린 것은 이해 못 할 것도 없다. 순전히 행운의 덕이었다고는 해도 지난번 《빙과》 사건에서 내가 생각해도 다소 재치를 발휘한 것은 사실이니까. 하지만 어째서 오늘 처음 만난 이리스가?

이리스는 무슨 이유에서인지 입가를 살짝 누그러뜨렸다.

"네 이야기는 세 명한테 들었어. 한 명은 지탄다. 또 한 명은 학교 외부 사람. 그리고 또 한 명은 도가이토 마사시야. 알지?"

도가이토 마사시?

누구더라?

"오레키, 넌 정말이지! 벽신문부 부장이잖아."

아아, 그. 이제 생각났다. 멈칫했다.

도가이토는 전에 잠시 인연이 있었던 3학년이다. 자세한 이야기는 생략하겠지만 나는 그가 감추려 했던 약점을 이용해 그리 대단한 것은 아니지만 협박을 했다. 별로 좋은 기억은 아니다. 이리스는 내 그런 표정을 읽은 모양이었다.

"괜찮아. 도가이토는 널 나쁘게 생각하지 않아."

어이구, 그러십니까. 인사 말씀 전해 주십시오.

"스태프 중엔 기술을 갖춘 사람이 아무도 없다는 걸 알았을 때 네 생각이 났어. 너라면 어쩌면 이 비디오의 '탐정 역할'을 맡을 수 있을지 모르겠다고."

"……."

"대단한걸, 호타로. 네 실적이 엄청난 반향을 일으켰잖아!"

놀리는 사토시를 노려보고 이리스에게 시선을 되돌리자 자연히 한숨이 나왔다. 내가 탐정 역할이라고? 솔직한 심정은 이렇다.

"이상한 기대를 하시면 곤란합니다."

그러자 뜻밖에도 이리스는 선뜻 물러났다.

"그렇겠지."

한 박자 쉬고는 말을 이었다.

"너희한테 비디오를 보여 준 건 나로서도 내기나 다름없었
어. 어쩌면 쾌도난마 같은 결말이 기다리고 있을지 모른다고
은근히 기대했던 건 사실이야. ……너희한테 폐를 끼쳤구나.
미안해."

이리스는 그러더니 머리를 숙여 사과했다.

"그 밖에 묻고 싶은 게 더 있어?"

기세가 꺾이는 바람에 그 이상 물어볼 마음이 나지 않았다.

그것을 확인하자 이리스는 싱겁게 막을 내리려 했다.

"그럼 시사회는 이걸로 끝. 고맙다. 애들 썼어."

그러나 여기서 끝날 리 없었다. 나는 잊어버리고 있었다.
이 자리에 이 녀석이 있다는 것을. 그래, 삼라만상에서 수수
께끼를 찾아내는 호기심의 화신, 지탄다 에루가.

발길을 돌린 이리스를 지탄다가 부르짖듯 불러 세웠다.

"잠깐만요!"

"……더 할 말이 있어?"

"저, 그럼 드라마의 결말은 어떻게 되죠? 그다음은 어떻게 되나요?"

이리스는 지탄다를 돌아보고 대답했다.

"모르지. 노력은 계속할 거야. 하지만 미완성으로 끝날 가능성도 각오하고 있어."

"그럼 곤란해요!"

곤란하다고 한들…… 이리스도 곤란해하고 있는데. 지탄다는 이리스에게 다가갔다.

"방금 전 선배가 말씀하신 대로라면 비디오가 완성되지 않는 건 무척 슬픈 일이에요. 전 그런 건 싫어요."

싫다고 한들…… 이리스도 싫을 것이다.

"게다가, 게다가……."

나는 미간을 주물렀다. 틀렸다. 이미 시작됐다. 문제에 끌어들일 상대로 지탄다를 고른 이리스의 선택은 옳았다.

"각본을 맡은 혼고 마유 선배가 왜 신뢰와 건강을 잃어 가면서까지 도중에 그만둬야 했는지. …… 저, 그게 신경 쓰여요."

내 옆에서 사토시가 말했다.

"호타로, '탐정 역할' 운운하는 이야기는 그렇다 치고 말이지, 저 사건을 해결하기엔 정보가 좀 부족하다는 생각 안 들어?"

"뭐, 그렇지."

"그럼 정보를 수집하면 해결에 이를 수도 있겠네?"

아니, 그렇게 단순하지는 않을 것이다.

그러나 그 말을 듣고 아마도 사토시가 노린 대로 지탄다가 휙 돌아보았다.

"오레키 씨, 우리 해 봐요! 혼고 선배의 유지遺志를 알아내는 거예요!"

"혼고는 죽지 않았는데."

이리스의 냉정한 수정이 과연 아가씨 귀에 들어갔을지.

사토시는 이어서 말했다.

"마야카, 문집 진행 상황은 어때? 여기서 일주일쯤 시간을 빼도 괜찮지?"

마야카는 무뚝뚝한 얼굴로 대답했다.

"제일 진척이 없는 게 후쿠 너야. 난 벌써 거의 완성됐다고."

"아, 응, 그럼 걱정 없겠네."

이바라는 중얼거리듯 덧붙였다.

"나도 저 영화의 완성판을 보고 싶어. 촬영 기술은 그렇다 쳐도 일본의 폐촌이 배경으로 저렇게 효과적일 줄 몰랐어."

나는…….

역시 상대가 지탄다면 문제다. 이쯤 되면 단호히 거절해도 이 녀석은 놓아주지 않을 것이다. 도망치려면 문제 해결에 임하는 것보다 훨씬 큰 에너지를 써야 한다. 그것은 낭비고, 나는 낭비가 싫다.

그러나 이번만은……

이리스의 말대로 순순히 '탐정 역할'을 받아들일 수는 없다. 내 에너지 절약 운운과는 차원이 다른 이유에서 그렇다. 그 이유를 알아차리지 못했거나 알아차리고도 묵살한 세 사람에게 나는 되도록 차갑게 말했다.

"그래서 수락했다가 만약 실패하면 어쩔 건데? 살기등등한 2학년 F반 분들 앞에서 무릎이라도 꿇고 빌어?"

우리는 탐정 소설 연구회가 아니다. 활동 목적 불명의 고전부다. 《빙과》 사건에서 내가 했던 활약은 행운에 힘입었다고 확신한다. 여기서 안이하게 생각하고 떠맡아도 성공할 가능성은 낮다. 그런데 2학년 F반 프로젝트에 책임을 지겠다는 말인가?

모진 말에 지탄다가 찬물을 맞은 것처럼 풀이 죽었다. 이바라가 반론하려는지 즉각 입을 열었다.

그러나 그 전에 절묘한 타이밍으로 이리스가 절충안을 제시했다.

"그럼 '탐정 역할'을 맡아 달란 말은 안 할게. 우리 반에도 '탐정 역할' 지원자는 있거든. 그 애들 이야기를 들어 보고 채택 여부에 참고 의견을 말해 주는 옵서버 같은 역할이면 어떨까?"

옵서버라. 범인은 누구라는 추론의 옳고 그름을 판단하는 것이라면 옵서버보다는 심판, 배심인가. 분명, 그러면 구태여 질 필요 없는 책임은 면할 수 있다.

이번에는 에너지 절약 측면에서 거절하고 싶은 마음이 뭉게뭉게 치밀었으나, 이 동기로 눈이 촉촉하게 젖은 지탄다를 설득할 수 없다는 사실은 이미 입증된 바 있다.

나는 마지못해 이렇게 말했다.

"그거라면……."

그 말을 듣고 지탄다는 미소 짓고, 이바라는 팔짱을 끼고, 사토시는 내게 엄지를 들어 보였다. 그리고 이리스는 진지하게 머리를 숙였다. 또 성가신 일에 말려들고 말았다. 뭐, 앉아만 있으면 되니 마음은 편하겠지만. 나는 속으로 한숨을 쉬었다.

그런데 고개를 든 이리스가 순간 어쩐지 회심의 미소를 지은 듯 보인 것은 기분 탓이었을까?

2
〈후루오카 폐촌 살인 사건〉

시사회 뒤, 지학 교실로 돌아와 사토시가 말했다.

"이리스 후유미, 유명한 사람이야."

"호, 신문 삼 면에 실리기라도 했냐?"

"아니, 그건 모르겠는걸. 실렸어도 이상할 것 없지만. 전에 말한 적 없던가? 이리스는 자릿수 올라가는 4대 명가와 어깨를 나란히 하는 가문이라고."

자릿수 올라가는 4대 명가란 주몬지十文字, 사루스베리百日紅, 지탄다千反田, 만닌바시萬人橋, 이렇게 네 집안을 가리킨다. 모두 어디 내놔도 빠지지 않을 가미야마 시의 구가라고 한다. 참고로 센스가 괴상한 명칭은 사토시가 지은 것으로, 내가 알기로 그 말을 쓰는 사람은 이 녀석뿐이다.

사토시는 창밖을 가리켰다. 창밖은 거리다.

"이리스가는 렌고 병원의 경영자 집안이야."

사토시가 가리킨 것은 창밖의 거리 중에서도 렌고 병원이었던 모양이다. 렌고 병원은 가미야마 시에서 일본 적십자 병원 다음으로 큰 규모를 자랑하는 종합 병원이다. 가미야마 고등학교에서 걸어서 오 분 정도 걸리는 위치에 있으므로, 학교에서 다치면 그곳으로 간다. 그래, 그렇다면 이리스 후유미가 유명할 만도 하다.

납득한 내 표정을 보고 사토시가 말을 이었다.

"하지만 이리스 후유미가 유명한 건 그것 때문만이 아니야. 그 선배는 별명이 있거든."

"호."

"어때, 호타로, 맞혀 보지 않겠어?"

퀴즈에 도전할 마음은 없지만 묻기에 생각해 보았다. 사토시가 일부러 문제를 냈을 정도이니, 이바라식으로 '이리'라고 부른다는 것일 리 없다. 그래, 냉철한 분위기, 당당하고 맺고 끊음이 분명한 태도. 그러면서 실제로는 동급생을 위해 노력하고 있다. 흠.

"……테레지아."

사토시가 웃었다.

"멋진데! 거의 비슷해. '여제女帝'야. 이 문제는 '여제'한테 맡기면 안심이란 말을 몇 번 들은 적이 있어."

여제. 참으로 거창한 별명이다. 그런 존칭을 얻은 것을 보니 그 사람.

"사디스트냐?"

교실 반대편에서 지탄다와 뭐라 열심히 이야기중이던 이바라가 처음으로 돌아보았다.

"그건 여왕님이고."

그러고는 다시 등을 돌렸다. 걸고넘어지지 않고는 못 배기는 정신에 경례.

"그러냐. 그럼 '여제'는 뭐야?"

"미모도 미모지만, 다른 사람을 부리는 데 능하고 또 함부로 부린다더라. 주위 사람은 정신을 차려 보면 어느새 저 선배한테 이용당하고 있다던데."

"호오."

"아까 내가 잠깐 언급했던 축제 실행 위원회 때도 그랬어. 이리스 선배는 위원들 중에서 문제에 대해 부분적 전망을 갖고 있는 세 사람을 골라내서 그 세 명한테 적합한 순서로 발표시키는 걸로 해결을 이끌어 낸 거야."

그건 대단하다. 반쯤은 에누리해서 듣는다 해도 보아하니 사령관 타입인 모양이다. 그러나 그게 사실이라면 내게는 매우 언짢은 전개다. 나는 누구를 위해서든 봉사할 마음은 없지만 어쩐지 교묘하게 부려질 것 같다.

팔짱을 낀 내 앞에서 사토시가 손가락으로 책상을 톡톡 두드렸다. 리듬을 맞추던 손가락의 움직임이 멎는가 싶더니 녀석은 씩 웃었다.

"그러나저러나."

"왜."

"모처럼 '여제'께서 등장하셨는데 우리도 심벌 하나쯤은 있으면 좋지 않겠어?"

"심벌?"

잠시 허공을 바라보던 사토시는 이윽고 "그래" 하고 입을 열었다.

"우선 마야카는 '정의'가 좋겠어."

'여제'에 '정의'라면 아무리 내가 미신을 믿지 않는 순수 이성체라 해도 알 수 있다. 타로 카드다. 사토시는 이바라 본인에게도 들릴 목소리로 말했으므로 나는 이제부터 벌어질 상황을 지켜볼 심산으로 잠자코 듣기만 했다.

예상대로 이바라가 휙 돌아보더니 멀리 교실 반대편에서

대들었다.

"내가 왜 정의의 수호자야?"

사토시도 몸을 비틀었다.

"'수호자'는 안 붙었어. 그냥 '정의'. '심판'이랑 둘 중 뭐가 좋을까 망설였는데 말이지. 정의는 원래 가혹하게 마련이잖아?"

하마터면 웃음을 터뜨릴 뻔했다. 나는 타로 카드에서 '정의'가 무엇을 암시하는지 모르지만 사토시가 말한 의미라면 확실히 이바라에게는 '정의'가 어울린다. 그런 생각을 하고 있으려니 이바라가 나를 노려보았다.

"왜 웃는데?"

"어이, 항의는 사토시한테 해라."

"후쿠한테 말해 봤자 들어 주질 않으니까 너한테 하는 거아냐."

……왜 나는 늘 이런 취급이냐.

흥미가 생겼는지 이바라가 일어섰다. 지탄다도 일어나 같이 이쪽으로 다가왔다. 사토시 바로 옆에서 이바라는 납작한 가슴을 내밀었다.

"그럼 후쿠는 뭔데?"

"나? 그러게. '바보'…… 아니, '마술사'일까. '바보'는 지탄다한테 바칠게."

무신경한 말이다. 타인을 바보라고 부르다니. 그러나 지탄
다 본인은 기분이 상한 눈치가 없다. 노파심에서인지 사토시
가 덧붙였다.

"나쁜 뜻이 아니야. 지탄다는 알 것 같지만."

지탄다는 입가에 미소를 머금었다.

"네, 알아요. 듣고 보니 저도 '바보'겠다 싶은걸요. 그게
제 결점이라고도 생각하지만요. ……후쿠베 씨가 '마술사'
라는 것도 이미지에 잘 맞는데요."

이번에는 타로 카드의 의미와 관계있는 듯하다. 사토시와
지탄다는 타로 카드의 이름만으로 대화가 성립되는 모양인
데, 나는 무슨 소리인지 도무지 모르겠다. 이바라도 부루퉁
한 것을 보면 잘 모르는 것 같다.

"그럼 오레키 씨는요?"

사토시는 기다렸다는 듯이 대답했다.

"그야 물론 '힘'이지."

"네? 왜죠? 전 '별'이 좋을 것 같은데요."

"아니, 절대로 '힘'이야. 딱 맞는데."

자기가 말해 놓고는 아주 근사한 농담을 생각해 냈다는 양
웃었다. 지탄다는 고개를 갸웃거리며 생각했으나 영 석연치

않은 듯했다. 나와 이바라는 말하나 마나고.

"무슨 말씀이세요?"

"아니, 뭐, '별'도 나쁘진 않은데."

사토시는 그렇게 얼버무렸다. 지탄다는 왼쪽으로 갸우뚱
했던 고개를 이번에는 오른쪽으로 갸우뚱했으나, 다행히 신
경 쓰인다고 하지는 않았다. 나는 의자 등받이에 몸을 한껏
기대고 최대한 불쾌한 목소리로 말했다.

"……흠, 칭찬은 아닌 모양이군."

"그렇지도 않아!"

그러고는 또다시 혼자 웃는다. 짜증 나는 녀석이다.

이야기는 그 뒤 다른 방향으로 탈선했다. 생각해 보면 비
생산적인 시간이지만, 에너지는 소모되지 않으니 상관없다
치자. 우리에게는 내일도 있다.

이튿날.

삼삼오오…… 그래 봤자 다 합해서 네 명뿐이니 '속속'이
라 할 정도는 아니지만, 고전부 멤버가 부실에 집결했다. 목
적은 시간 때우…… 아니, 살인 사건을 검토하기 위해서다.
신성한 무위無爲의 시간인 여름 방학에 일부러 학교까지 나와
이런 일을 하다니, 나도 퍽이나 활동적이 됐다고 자조했다.

이것이고 저것이고 전부 결국은 지탄다 탓이다. 사실은 역시 가지 않겠다고 사토시에게 연락했는데, 그러자 아가씨가 누추한 우리 집까지 몸소 마중하러 납시었지 뭔가. 하여간 정력 넘치는 아가씨다.

지탄다는 뭐가 좋은지 생글생글 웃으며 서 있다. 한숨을 내쉬는 내 옆에서 사토시와 이바라가 오늘 할 일을 의논하고 있다.

"역시 기본은 현장 검증이겠지?"

"그렇지만 무대는 후루오카 정이잖아. 거기까지 가겠다고? 버스가 다니긴 하지만 기차로 가려면 멀어."

"탐정은 직접 발로 뛰어야지. 그렇긴 해도 이십 킬로미터란 말이지. 자전거로 가도 거리가 꽤 되겠는걸."

"발로 뛰는 건 탐정이라기보다 형사 같은데……."

이십 킬로미터? 좀 봐줘라. 우리는 앉아서 2학년 F반의 '탐정' 지망자가 하는 이야기를 듣기만 하면 된다고.

그나저나 이제 어떻게 하면 좋을까. 2학년 F반에 우리 얼굴이 널리 알려져 있는 것도 아니다. 하급생이 쳐들어가서 선배, 잠깐 말씀 좀 들어 볼까요, 할 수도 없는 노릇이다. 무엇보다 누구에게 물어보면 될지도 아직 듣지 못했다. 어떻게 할 것인가 생각하다 보니 지탄다가 유난히 침착한 게 마음에 걸렸다.

"지탄다, 오늘 무슨 계획이 있는 거냐?"

지탄다는 고개를 끄덕였다.

"호, 어쩌려고?"

"이리스 선배가 보낸 안내인이 오기를 기다려 스태프분들 말씀을 들을 거예요."

안내인이 오다니 벌써 이야기가 다 된 건가. 뭐, 생각해 보면 당연한 일이지만.

"어느 틈에 정한 거냐?"

지탄다는 비밀을 고하듯 목소리를 낮추고 말했다.

"실은 말이죠…… 저, 브라우저를 쓸 수 있거든요."

브라우저.

"묘한 표현 좀 쓰지 마라. 요컨대 인터넷을 한다는 거잖냐. 요즘 세상에 드물 것도 없지."

"그 말은 틀려, 호타로. 그건 WWW가 월드와이드……."

사토시가 거세게 항의했으나 무시했다.

"그래서, 인터넷이 무슨 상관이지?"

"가미야마 고등학교 홈페이지에 학생만 들어갈 수 있는 대화방이 있는데요."

"그 말은 틀려, 지탄다. 그건 페이지고 사이트의……."

뜻밖에 지탄다도 사토시를 무시했다.

"거기서 이리스 선배와 이야기했거든요. 선배는 얼굴을 못 내밀 수도 있지만 자리를 마련해 놓고 대신 안내해 줄 사람을 보내겠다고 하셨어요."

흠, 준비성이 좋다. 뭐, 그쯤은 해 줘야 이쪽도 곤란하지 않다. 여제라고 옥좌에 거들먹거리며 앉아 있기만 하면 된다고 생각하지는 않는 모양이다.

지탄다는 교실 칠판 위에 걸린 시계에 눈길을 주었다. 덩달아 보니 1시가 넘었다.

"1시쯤으로 약속했으니 슬슬 시간이 됐네요."

마치 그 말을 기다린 것처럼 조용히 문이 열렸다.

지학 교실로 들어온 것은 여학생이었다. 키는 지탄다보다 작고 이바라보다는 크다. 즉, 대단히 일반적이다. 전체적으로 날씬한 인상이다. 가장 큰 특징은 어깨선 언저리에서 일자로 자른 머리 모양이다. 나는 패션에도 어둡지만 그런 얌전한 머리 모양이 요즘 세상에 흔치 않다는 것쯤은 안다. 입술이 얇은 탓도 있어 단정한 인상을 받았다.

여학생은 우선 우리에게 정중히 머리를 숙였다.

"여기가 고전부 부실인가요?"

지탄다가 바로 대답했다.

"네. 2학년 F반에서 오신 분이죠?"

"에바 구라코라고 해요. 잘 부탁드립니다."

그러고는 또다시 머리를 숙여 인사했다. 우리가 1학년이라는 것을 알 텐데 꽤나 겸손하다. 에바라고 이름을 밝힌 여학생은 고개를 들더니 우리를 둘러보았다. 말투는 몹시 사무적이었다.

"이리스가 부탁했다고 들었어요. 오늘은 우선 촬영 팀 사람을 소개할 거예요. ……준비가 됐으면 안내하죠."

그래 봤자 특별히 준비할 게 있을 리 없다. 바로 가도 된다는 의사 표시 대신 일어서자 다른 녀석들도 따라 일어섰다. 에바는 고개를 끄덕였다.

"그럼 갈까요."

그 말에 따라 지학 교실을 나섰다. 이제부터 심문 조사를 한다고 생각하니 어쩐지 마음이 편치 않았지만 일이 이렇게 된 이상 수가 없다. 흐름에 내맡기는 수밖에 없다.

취주악부가 소리 맞추는 연습을 시작한 복도를 따라갔다. 들어 본 적이 있는 멜로디인데 뭘까 했더니 〈뤼팽 3세〉다. 흥얼흥얼 따라 부르는데 사토시가 다가오더니 요란한 악기 소리를 틈타 말했다.

"꼭 시녀 같지?"

느닷없이 무슨 소리를 하는 건가 싶었는데 에바 말인가 보다. 듣고 보니 그렇다.

계단을 내려가자 음악이 조금 멀어졌다. 에바가 걸음을 멈추지 않은 채 돌아보았다.

"질문이 있으면 해도 돼요."

아닌 척하면서도 이번 일에 제법 열의를 보이는 이바라가 바로 물었다.

"오늘 만날 분은 뭐라고 하는 분이죠?"

"이름 말인가요? 나카조 준야예요."

나는 사토시에게 눈짓했다. 누군지 아느냐고 묻는 것이다. 사토시는 고개를 내저었다. 그렇다면 유명인은 아니라는 뜻이다.

"어떤 일을 하시는데요?"

"촬영 팀 조감독이에요. 전반적인 촬영 상황을 가장 잘 아는 사람 중 하나죠."

그에 반응해 지탄다도 물었다.

"촬영 팀이라면 그 밖에 다른 팀도 있다는 말씀이네요?"

에바는 고개를 끄덕였다.

"프로젝트는 세 개 팀으로 구성되어 있어요. 실제로 나라쿠보 지구로 간 촬영 팀과 학교에 남아 있던 소도구 팀, 홍보 팀, 이렇게 셋이죠."

"어머, 배우분들은⋯⋯."

"촬영 팀에 속해요. 그 때문에 촬영 팀이 제일 인원수가 많아 열두 명이랍니다. 그리고 소도구 팀이 일곱 명, 홍보 팀이 다섯 명."

용케 그런 숫자를 기억하고 있다. 나는 솔직하게 감탄했다.

지탄다는 이어서 당연한 질문을 했다.

"선배는 어떤 일을 하셨나요?"

에바는 이번에도 조금도 머뭇거리지 않고 대답했다.

"난 프로젝트에 참가하지 않았어요. ⋯⋯관심이 없었거든요."

나는 씩 웃었다. 내 취향에 딱 맞는 멋진 대답이다.

그러는 사이 우리는 특별동과 일반동을 잇는 연결 통로를 건넜다. 일반동은 말 그대로 일반 교실이 있는 건물인데, 이쪽으로 들어오면 축제를 준비하는 활기가 조금 잠잠해진다. 특별동과 달리 인기척이 전혀 없는 교실도 많다.

에바는 아무도 없을 것 같은 그런 교실 중 하나 앞에서 멈춰 섰다. 문패를 보니 2학년 C반이다. 이리스는 2학년 F반일 텐데. 나와 눈이 마주치자 에바가 설명했다.

"차분하게 이야기할 수 있는 장소가 좋겠다 싶어 여기로 했어요. 2학년 C반은 학급 참가를 안 하거든요. 아무도 안 올 테죠."

문이 열렸다.

안은 일반 교실. 책걸상과 교단, 칠판으로 상징되는, 그 밖에 달리 볼 것이 없는 평범한 교실이다.

교실 맨 앞줄에 팔짱을 끼고 버티고 앉은 남자가 있었다. 다부진 체격을 보면 근력깨나 있을 것 같고 눈썹이 거뭇하다. 더불어 수염도 거뭇하다. 깎고는 있겠지만…… . 물어보나 마나 그가 조감독 나카조 준야이리라. 우리를 본 그는 유유히 일어서더니 불필요하리만큼 큰 목소리로 말했다.

"너희냐? 미스터리를 잘 안다는 게?"

그리 잘 알지는 못한다고 대답하고 싶은 충동에 사로잡혔으나, 그런 종류의 장난을 쳤다가 일이 성가셔지는 것은 내 취향이 아니다. 잠자코 있자 에바가 대신 대답해 주었다.

"그래. 이리스가 힘들게 찾아온 인재니까 정중하게 대해."

그러고는 우리를 돌아보며 나카조를 가리켰다.

"저 애가 나카조 준야예요."

나카조는 턱을 슬쩍 쳐들었다. 인사랍시고 한 모양이다.

지탄다가 반 발짝 앞으로 나서 이름을 댔다.

"고전부의 지탄다 에루예요."

이하 차례대로. 나는 맨 마지막으로, 오레키 호타로입니다, 잘 부탁드립니다, 하고 무난하게 끝냈다. 이쪽으로 앉으라고 유도하는 에바의 말에 따라 우리는 나카조를 마주 보고 앉았다.

"그럼 뒷일을 잘 부탁해요."

모두가 자리를 잡자 에바는 그런 말을 남기고 교실에서 나갔다. 입회하지 않을 건가. 정말로 '이리스가 보낸 안내인'인가 보다.

남은 우리는 나카조를 마주했다. 드디어 시작이다.

나카조는 팔짱을 풀었다.

"귀찮은 일에 끌어들여 미안하다. 즉흥으로 시작한 계획이라도 결말이 없으면 썰렁하니 말이다. 좀 도와줘라."

그렇습니까, 즉흥이었습니까.

"사정은 이리스한테 들었겠지? 뭐, 그런 거다."

흠, 꽤나 태도가 거침없다. 명색이 상급생인데 우리 1학년에게 심판을 받는 형태를 불쾌하게 여기지 않을까 걱정했으나 에바도 그렇고 여기 나카조도 그렇고 그런 눈치가 없다. 귀찮은 상황이 생기지 않아 다행이다.

옆에서 사토시가 끈 달린 주머니에 손을 넣더니 가죽 수첩과 만년필을 꺼냈다. 사토시는 기록에 전념하겠다고 선언하듯 수첩을 펴고 만년필을 들었다.

곧바로 본론으로 들어가도 상관없지만 우리는 상황을 완전히 파악하고 있는 것은 아니다. 우선은 이바라가 잡담을 하듯 무난한 화제를 꺼냈다.

"고생 많으셨겠어요, 선배. 대본이 완성되지 않아서 놀라셨죠?"

나카조는 과장되게 고개를 끄덕였다.

"그러게 말이다. 지금까지 이럭저럭 해 왔는데 이런 데서 걸릴 줄은 몰랐어."

"촬영은 힘드셨나요?"

"연기니 연출 같은 건 즉흥으로 즐겁게 할 수 있었지만 이동이 보통 일이 아니더라. 기차하고 버스 합해서 한 시간이나 걸리는 거야. 게다가 일요일만 쓸 수 있고. 왜 하필 그런 데를 촬영지로 골랐는지."

이바라의 눈이 가늘어진 듯 보였다.

"이유가 뭐였죠?"

"음, 촬영지 말이냐? 재미있어 보이는 장소라고 추천한 녀석이 있었거든. 아닌 게 아니라 여간해선 찍을 수 없는 영상을 얻었다곤 생각해. 그건 좋지만 역시 너무 멀더라."

이리스는 2학년 F반의 계획을 엉터리라고 평했는데 과연 수긍이 간다. 나 같으면 이동에 왕복 두 시간이나 걸리는 곳은 절대 선정하지 않는다.

본론과 무관한 부분이 궁금해졌는지, 사토시가 메모를 하다 말고 고개를 들어 물었다.

"나라쿠보 지구는 폐촌이라고 들었는데 버스가 다닙니까?"

"아, 마이크로버스야. 집이 호텔인 녀석이 있어서 호텔 버스를 빌려 줬거든."

"그보다 용케 출입이 가능했네요."

"그것도 연줄을 이용했지. 거기는 아직 광산에서 관리하는데 그곳에 다리를 놔 준 녀석이 있어. 나라쿠보에서 찍자고 제안한 바로 그 녀석이지만."

"일요일만 쓸 수 있다는 건 무슨 뜻입니까?"

"나라쿠보는 폐촌이 됐지만 광산 시설은 아직 살아 있거든. 평일에 우리가 얼쩡거리면 작업에 방해가 될 테고 차도 씽씽 달리니까 안전을 보장할 수 없다고 들어오지 말라는 소리 같더라. ……그게 왜, 무슨 상관 있냐?"

사토시는 웃었다.

"감사합니다. 덕분에 많이 배웠습니다."

언짢아하지 마십시오, 나카조 선배, 원래 이런 녀석입니다, 하고 속으로 빌었다.

다음은 지탄다였다.

"대본을 쓰시던 분, 혼고 선배라고 하셨죠? 용태는 어떤가요?"

"혼고? 자세한 말은 못 들었지만 별로 좋지는 않은 것 같더라. 뭐, 그 녀석을 탓할 순 없겠지만."

나카조는 눈살을 찌푸리며 대답했다. 이리스의 이야기가 사실이라면 2학년 F반은 단체로 혼고를 몰아붙여 병나게 한 것이나 다름없다. 탓하기는 고사하고 사과해도 시원치 않을 정도다 싶지만, 당사자 입장에서는 그렇게 냉정하게 생각하기도 쉽지 않으리라. 나카조의 태도는 뭔가 속뜻이 있는 듯했다.

그런 미묘한 느낌을 알아차렸을까, 아마 못 알아차렸으리라 생각하는데, 지탄다의 태도는 어디까지나 온화했다.

"혼고 선배란 분은 신경이 섬세하셨나 봐요."

나카조의 눈썹이 더욱 가파른 각도를 그렸다. 으음, 하고 낮은 목소리로 신음했다.

"그런 것 같진 않았는데 말이다. 신경이라기보다 몸 자체가 그런 거라면 그건 이해가 간다만."

"몸이 섬세하셨나요?"

무슨 표현이 그런가. 나도 모르게 옆에서 끼어들었다.

"별로 튼튼하지 않았다는 뜻이겠지."

"그래. 학교를 쉰 적도 몇 번 있었고, 촬영에도 안 나왔고."

나카조는 촬영에 나오지 않았다는 말을 다소 원망 섞인 투로 했다. 그러나 합리적으로 생각하면 각본가가 촬영을 지켜봐야 할 이유는 없다. 하물며 대본 진도가 예정보다 뒤처지고 있다면 더 말할 것도 없다. 혼고가 촬영에 참여하지 않고 무엇을 하고 있었는지는 상상하기 어렵지 않다. 대본을 쓰고 있었을 것이다.

마음에 걸리기에 나도 물어보았다.

"혼고 선배의 대본은 F반에서 평판이 안 좋았습니까?"

그러자 나카조는 심지어 분개하는 기색까지 내비쳤다.

"아무도 트집 잡지 않았어. 그 녀석을 탓해 본 적도 없다고."

"그럼 사실은 그러고 싶으셨다는 말씀입니까?"

"무슨 그런 말도 안 되는 소리를. 뭔 말을 하고 싶은 거냐? 혼고가 대단한 일을 해냈다는 건 모두가 인정하고 있었어. 물론 나도 그랬고."

그런데도 혼고는 대본을 완성하지 못하고 건강을 해쳤다. 그렇다면 지탄다 말처럼 신경이 지나치게 섬세했는지도 모른다.

어색해진 분위기를 수습하려는 듯 이바라가 조그맣게 헛기침을 했다.

"그래서 말인데요, 선배."

"그래."

"대본을 쓰신 분이 누가 범인 역이란 말씀을 전혀 안 하셨나요? 트릭은 그렇다 치고 배역에 관해서라면."

단숨에 진상에 다가서는 대담한 질문이다. 그것을 알면 훨씬 일이 간단해질 테고 우리가 옵서버 노릇을 할 필요도 없어진다. 나카조는 또다시 팔짱을 끼고 기억을 더듬듯 허공을 노려보았다.

"……음."

"어떤가요?"

"내가 알기로 그런 건 없었는데. 아니, 잠깐. 그러고 보니 고노스한테 잘하라고 했던가."

잘하라는 말 정도는 누구에게나 한다. 이바라도 그렇게 생각했는지 순간 낙심한 표정을 지었다. 그래도 단념하지 않고 한 번 더 시도했다.

"그럼 배우분들께 물어봐 주지 않으시겠어요? 누구 그런 말을 들은 사람이 없는지."

"그 정도는 우리도 했다. 아무도 자기가 범인 역이란 말을 듣지 못했어."

짤막하게 한마디 했다.

"탐정 역할은요?"

"그것도 그렇고."

흠.

이바라가 또다시 물었다. 애쓴다.

"그럼 그건 어땠나요? 미스터리의 트릭이 물리 트릭인지 심리 트릭인지 그런 말씀은 없으셨나요?"

나카조는 의아한 얼굴로 이렇게 말했다.

"그게 어떻게 다른 건데?"

이바라가 어떻게 반응할까 싶어 봤다가 눈이 마주쳤다. 이바라는 짜증 같기도 하고 체념 같기도 한 표정으로 고개를 살짝 가로저었다. 나카조가 눈앞에 없었으면 한숨을 크게 내쉬었거나 투덜거렸을 게 틀림없다.

그 뒤로도 우리는 몇 가지 질문을 던졌으나 결국 나카조는 핵심에 근접한 정보를 갖지 못한 듯했다. 하기야 그런 정보가 있었다면 애초에 문제가 발생하지 않았을 테니 당연할 것이다. 게다가 우리도 준비가 부족했다. 문제점을 정리하지 않고 이 자리에 임한 탓에 사건의 급소를 찌르는 질문을 하지 못했다. 에너지 절약이 신조인 나로서는 뼈아픈 실책이다. 해야 할 일은 간략하게. 우선은 문제를 압축하는 게 적절한 순서였다.

그러나 나카조는 만족스러운 표정으로 말했다.

"이 정도면 되겠냐?"

이바라가 이바라답지 않은 웃는 얼굴로 대답했다.

"달리 더 물을 게 없다는 의미에선 이 정도겠네요."

말에 돋친 가시는 양쪽 모두를 향한 것이었으리라.

사전 정보 수집은 이쯤에서 끝내는 게 좋겠다. 사토시가 재주 좋게 만년필을 빙그르르 돌렸다. 그것이 신호인 양 지탄다가 온화하게 물었다.

"선배는 어떻게 보시는지요? 혼고 선배는 비디오카메라 영화에 대해 어떤 생각을 갖고 계셨을까요?"

나카조가 본론에 들어선 것을 알아채고 씩 웃었다.

"좋아, 그럼 어디 시작해 볼까. 너무 빡빡하게 굴지 마라."

"부탁드립니다."

나카조는 이 순간을 학수고대하지 않았을까. 입술을 핥고는 실로 정열을 담아 말하기 시작했다.

"결말이 없으면 영화를 찍을 방도가 없다고 다들 법석을 떨지만, 내 생각을 말하자면 영화를 보는 녀석은 트릭 같은 거 신경 안 쓴다. 요는 드라마가 확실하면 되는 거야. 범인은 바로 너다! 하고 단정하고 범인이 눈물을 흘리며 사정을 털어놓으면 그걸로 이야기가 성립되는 거지. 혼고가 맡았던 일을 나더러 하라고 하면 못 하지만, 하나만 지적하자면 혼고는 분위기를 띄우는 게 약해. 누가 주인공인지조차 잘 알 수 없으니 말이다.

죽는 녀석이 가이토였던 건 좋았다고 생각한다. 너희도 아는지 모르겠지만 가이토는 그래 봬도 제법 발이 넓은 녀석이거든. 소도구 팀이 자랑하는 연출로 화끈하게 죽어 줬으니 잘된 거지. 역시 인기 있는 녀석을 잘 활용해야지 않겠냐. 물론 범인이나 주인공이었다면 더 좋았겠다만, 그건 뭐 이미 끝난 이야기고. 그런 의미에선 야마니시가 범인이면 좋겠다. 그 녀석도 친구가 꽤 많거든."

……

"하여간 우리 반엔 깐깐한 녀석이 너무 많아. 미스터리니까 이래야 한다느니, 미스터리는 그런 게 아니라느니. 뭐 착각하고 있는 거 아니냐? 비디오카메라 영화는 길어 봤자 한 시간, 요소요소 빠짐없이 찍고 있을 시간이 없다고. 설사 찍는다 해도, 너희도 봤으니까 알 테지, 스크린에 비추면 세세한 부분은 어차피 뭉개져서 보이지도 않아. 그보다는 역시 드라마 아니겠냐. 제목도 확실하게 〈후쿠오카 폐촌 살인 사건〉 식으로 지어서 관객을 끌어들여야지. 혼고도 그 부분은 잘 알고 있었어."

뭐랄까. 나는 아연한 기분으로 나카조의 이야기를 들었다. 나는 추리 소설 애호가가 아니다. 시간을 때울 겸 싸구려 문고본을 사서 읽는 일은 종종 있고 그중에 미스터리를 표방한 책도 있지만 그냥 그뿐이다. 그래도 관객은 트릭 따위 관심 없다고 단정하는 나카조의 자세는 기묘하게 느껴졌다.

……그러나 잠시 생각해 보면, 글쎄 어떨까. 2학년 F반의 비디오카메라 영화가 완성될 경우 그것을 보러 올 사람은 어떤 사람들일까.

분명히 탐정 소설 연구회 사람들도 있겠지만 추리 소설 따위 읽어 본 적도 없는 인간들이 대부분 아닐까. 근거 없는 이야기가 아니다. 벽신문부에서 발행하는 《가미야마 월보》에 전교생 설문 조사를 기반으로 '가미 고 학생의 독서율'이라는 장난 기획 기사가 실린 적 있다. 사토시가 퍽도 좋아하며 읽었기 때문에 기억하는데, 과거 일 년간 '소설'을 한 권이라도 읽은 가미 고 학생은 전교생의 사십 퍼센트 정도였다. 그중 몇 퍼센트가 추리 소설을, 그것도 트릭에 주목하며 읽을까.

그 부분을 고려하면 나카조의 주장도 영 황당한 것만은 아닐지 모른다.

나카조는 팔짱을 끼다 못해 다리까지 꼬며 말을 이었다.

"그렇기는 해도 전개상 범인이 어떻게 가이토를 죽였는지는 찍어야 한단 말이지. 그게 없으면 분위기도 안 살 테고. 그 때문에 이리스가 일부러 너희한테 부탁한 거다만. ……이런, 너희는 미스터리를 좋아한다고 했지? 미안하다, 악의는 없어. 난 그냥 그 영화를 어떻게든 완성하고 싶은 것뿐이야."

그러니까 그게 오해라니까. 우리는 고전부지, 탐정 소설 연구회가 아니다. 하지만 뭐, 무슨 일이 있어도 꼭 풀어야 할 오해는 아니다.

나카조의 목소리가 더욱 열의를 띠었다.

"그 각본은 요컨대 그거 아니냐, 밀실. 가이토가 죽은 방은 출구가 하나뿐이었습니다, 자, 범인은 어떻게 가이토를 죽였을까요, 하는 게 문제야. 그럼 답은 간단하지. 범인은 딱 하나 열려 있던 출구로 나간 거야."

이바라가 미간에 주름을 잡고 물었다.

"어디 말씀이시죠?"

나카조가 웃었다.

"둔한 녀석이군. 그야 당연히 창문 아니냐."

창문?

나는 어제 본 비디오카메라 영화를 떠올려 보려 했다.

단편적인 장면은 기억에 남아 있었지만, 그리고 얄궂게도 기억에 남아 있는 장면은 나카조의 말처럼 드라마 부분이었지만, 현장의 배치가 도무지 잘 생각나지 않았다.

하는 수 없다. 나는 말했다.

"사토시, 안내도."

사토시는 기뻐하는 표정으로 경례 포즈를 취했다.

"'Yes, sir!'다. 잠깐만."

끈 달린 주머니에 손을 넣더니 종이 한 장을 꺼냈다. 극장 안내도를 간단히 베낀 종이다.

그에 따르면 가이토가 죽은 것은 객석에서 볼 때 무대 오른쪽 옆. 극중에서 등장인물들은 오른쪽 통로를 통해 그곳으로 들어갔다. 그때 문이 잠겨 있어서 누가 마스터키를 가지러 갔다는 것은 나도 기억난다. 즉, 오른쪽 통로에서 볼 때 무대 오른쪽 옆은 밀실이었다.

그리고 그 뒤, 그래, 맞다. 가쓰타가 무대를 가로질러 무대 왼쪽 옆으로 들어갔다. 왼쪽 통로에서 무대를 지나면 무대 오른쪽 옆으로 들어갈 수 있기 때문이리라. 그런데 무대 왼쪽 옆으로 들어서자 각재 더미로 문이 막혀 있었다. 분명히 그랬다.

…….

애초에 그 현장이 밀실이었다는 나카조의 말 자체가 미심쩍은데.

순수한 밀실 따위 있을 수 없다, 밀실이라면 살인이 발생할 리 없기 때문이다, 같은 말을 하려는 게 아니다. 영상으로는 잘 알 수 없었지만 안내도를 보면 일목요연하다. 창문 말고도 또 다른 출입구가 있지 않나.

그곳, 홀 출입구를 가리켰다.

"여기는 어떻죠?"

나카조는 주저 없이 대답했다.

"안 열려."

"……?"

"못을 박아 놨거든. 단단히. 그러니 거기는 없는 걸로 쳐도 된다."

말이 나오지 않았다. 시야 끄트머리로 노골적으로 어이없다는 표정을 짓는 이바라가 보였다. 나도 비슷한 얼굴이었는지 모른다. 그런 말 지금 처음 듣습니다만!

어제 이리스는 대본을 담당한 혼고가 공정하게 출제했다고 보증했다. 하지만 지금 생각하면, 그렇다, 촬영 팀이 공정하게 촬영했다는 말은 하지 않았다. 하지 않았지만……. 맥이 풀린 내 옆에서 사토시가 미소를 띤 채 홀 출입구에 가위표를 쳤다.

어쨌든 홀 출입구를 쓸 수 없다면 밀실의 출구는 네 곳. 무대 오른쪽 옆의 문과 창문, 무대 왼쪽 옆의 문과 창문이다. 문은 두 쪽 다 막혀 있었다. 남는 것은 창문 둘.

"창문…… 어느 쪽 창문 말씀이죠?"

이바라가 묻자 나카조는 홍 하고 콧바람을 불었다.

"물론 이쪽이야."

"무대 오른쪽 말씀이네요. 왜 '물론'이죠?"

"그야 당연히 무대 왼쪽 창문은 옷장으로 가려져 있어 쓸 수 없으니까."

그러십니까. 사토시는 역시 미소를 띤 채 무대 왼쪽 창문에도 가위표를 쳤다.

이런 식으로 가다간 헛수고로 끝날 게 뻔하다. 나는 에너지 소비가 무의미하게 큰 상태, 즉, 헛수고가 그 어떤 것보다 싫은 사람이다. 그러므로 아예 한 번에 해결하기로 했다.

"선배, 저희가 본 영상이 아무래도 불분명한 부분이 많은 것 같습니다. 당연히 스크린의 성능이 낮아서 그런 거겠지만, 방금 말씀하신 두 곳 외에 쓸 수 없는 출입구가 더 있으면 가르쳐 주시겠습니까? 밀실하고 관련이 있는지 없는지는 상관없이 일단 전부요."

"그래? 여기 말고 또 있었던가?"

나카조는 그렇게 대답하고는 잠시 생각했다.

"……맞다. 왼쪽 통로의 안쪽 분장실은 실제로는 못 들어가. 손잡이가 망가져서 열쇠가 안 들어가거든. 그리고 건물 북쪽에 면한 쪽. 그러니까 이 안내도에선 왼쪽 통로에 면한 창문은 전부 방설 대책으로 판자를 쳐 놨더라. 떼려면 뗄 순 있겠지만."

"그게 다인가요? 정말로?"

"그래, 이게 다야."

나카조는 분명히 장담했다.

영 미심쩍지만 신용은 재산이다. 그렇다고 생각하자. 그때 지금껏 조용했던 지탄다가 물었다.

"그런 사실을 혼고 선배도 알고 계셨나요? 촬영에 동행하지 않으셨다고 들었는데요."

그렇군. 확실히 중요한 점이다. 혼고가 극장의 상태를 모르고 안내도만 보고 대본을 썼다면, 실제로는 쓸 수 없는 경로가 사용됐을 가능성도 있다.

그러나 나카조의 대답이 그런 우려를 불식시켜 주었다.

"나라쿠보를 무대로 삼고 혼고가 대본을 쓰기로 정해졌을 때 한 번 둘러보고 왔다는 것 같던데."

"그게 언제쯤이죠?"

"그게 그러니까 유월…… 아니, 오월 말경."

"말씀하시는 도중에 죄송합니다. 계속해 주세요."

나카조는 고개를 끄덕이고 말을 이었다. 진지함 그 자체다.

"요컨대 범인은 무대 오른쪽 옆의 창문으로 들어왔다 나간 거야. 그러면 문을 지나지 않고 가이토를 죽이는 장면을 찍을 수 있지. 어떠냐?"

어떠냐?

범인은 문을 지나지 않았습니다, 실은 창문을 지났습니다, 라고?

"아, 그렇군요!"

무릎을 탁 친 것은 지탄다 한 명뿐.

그렇지만 나는 저렇게 열의 넘치는 나카조에게 이의를 제기할 수 없다. 대신 나선 사람은 이런 장면에서 의지가 되는 이바라였다.

"선배, 하지만 그건 미스터리로서 너무 시시한데요."

딱 잘라 말하자 나카조는 울컥한 표정을 지었지만 언성을 높이지는 않았다.

"너희 눈에는 그럴지 몰라도 그 밖에 또 어떤 경로가 있다

는 거냐? 게다가…… 그래, 너희는 혼고를 모르잖냐. 혼고는
미스터리 전문가가 아니야. 그 녀석도 별로 근사한 트릭을 준
비할 생각이 없었던 거야."

혼고를 모르지 않느냐고 한다면 할 말 없다. 하지만 그래
서는……. 원래라면 잠자코 듣고 있으면 그만이었을 것을 나
도 그만 분위기에 휩쓸렸다.

"그럼 선배, 그걸로 범인을 가려낼 수 있습니까?"

"가려낸다고?"

"혼고 선배가 그 트릭을 준비했다면 범인은 누가 되느냐는
이야기입니다."

답이 마련되어 있지 않았나 보다. 나카조는 또다시 팔짱을
끼고 생각에 잠겼다. 이바라가 자신만만하게 다그쳤다.

"게다가 왜요, 사건 현장에 전원이 들어섰을 때 카메라가
창밖을 비췄잖아요."

"그래."

"그 영상을 보면 창밖에 사람이 지나간 흔적이 없다는 건
분명하죠. 나카조 선배의 방법으론 무리예요."

사건 현장의 창밖.

생각났다. 사람 키만 한 여름풀이 무성하게 자란 장면이
다. 그래, 만약 그곳으로 누가 지나갔다면 풀이 꺾였다든지

흔적이 남아 있지 않을 리 없다.

이해가 잘 안 되는 듯한 나카조에게 이바라가 그것을 설명해 주었다. 그러나 나카조는 의외로 끈질겼다.

"그렇지만 그런 건 문제가 안 돼."

허어.

이바라 대신 내가 반론에 나섰다.

"왜죠? 상당히 명확하다고 생각하는데요."

"혼고가 지시문을 빠뜨린 걸 수도 있잖냐."

"……그런 식으로 말하자면 이 이야기는 하나 마나인 것 같은데요. 이바라 말은 바꿔 말하자면 범인의 발자국이 없었다는 겁니다. 혼고 선배는 그런 걸 빠뜨리고 안 쓸 정도로 멍청했습니까? 여기 말고 지시문을 빠뜨린 곳이 많던가요?"

나카조가 음, 하고 신음했다.

그러나 나카조는 깜짝 놀라게 끈질겼다. 퍼뜩 생각난 것처럼 얼굴을 쳐들더니 큰 소리로 말했다.

"그래, 여름풀이야!"

"……여름풀이 왜요?"

나카조는 자신감을 되찾은 표정으로 흥분해서 말했다.

"너희가 창문을 안 썼다고 하는 건, 밖에 난 여름풀이 꺾이지 않아서 그런 거지?"

이바라가 조심스럽게 고개를 끄덕였다.

"그러니까 그게 착각인 거야. 아까도 말했을 텐데. 혼고가 나라쿠보를 둘러보러 간 건 오월 말경이었다고. 그때는 아직 여름풀이 우거지지 않았어. 그래서 혼고는 창문을 쓸 수 있다고 생각한 거다."

사토시의 입에서 호, 하는 탄성이 흘러나왔다. 나카조와 허물없는 사이였다면 사토시는 이렇게 말했을 것이다. 처음으로 그럴싸한 말을 했네, 라고. 이바라는 반론하려 했으나 순간적으로 말이 나오지 않는 모양이다. 나는 속으로 웃고 있었다. 오, 제법이잖아. 혼고가 예비 조사차 갔을 때 생각해 둔 범인의 탈출 경로는 촬영 당시 사용이 불가능한 상태였다는 말이지.

제법이기는 하지만…….

우리가 말이 없는 것을 납득했다고 받아들였는지, 나카조는 말을 이었다.

"그러니까 다음번 촬영 때 풀을 베어 내고 시체 발견 장면부터 시작하면 문제없어. 그래, 왜 지금까지 이 생각을 못 했지? 이제 됐다, 해결됐어!"

곁에서 보기에도 나카조는 들떠 있었다. 나는 반박하지 않기로 했다. 지금 그러는 것은 낭비라고 생각했기 때문이다.

이야기가 일단락된 것을 알아차린 지탄다가 나카조에게 생긋 미소를 지으며 말했다.

"말씀 감사합니다. 이리스 선배께 좋은 보고를 드릴 수 있을 것 같아요."

나카조는 매우 만족스러운 표정으로 고개를 끄덕였다. 자칫하면 당장 자기가 대본을 쓰기 시작할 것처럼 콧김이 거셌다.

몇 분 뒤, 지학 교실.

'누'라고 쓰면 되는 걸까, 이바라가 표기하기 쉽지 않은 소리로 신음했다.

"저거 괜찮은 거야? 저걸로 그냥 간다고?"

보아하니 나카조의 예상치 못한 반격을 받고 혼란에 빠진 모양이다. 그 트릭…… 그것을 과연 트릭이라고 해도 될지. 트릭에 준하는 것은 찾아보기 힘들지만 그래도 여름풀에 관한 의견이 조리가 서는 것은 사실이다. 작은 빈틈도 날카롭게 파고드는 이바라는 욕구 불만을 느낄 것이다.

"물리적으로는 충분히 실행이 가능하고 말이지."

그렇게 중얼거리는 사토시도 어쩐지 불만스러워 보였다.

그리고 지탄다로 말하자면.

"……."

조금 전부터 나를 흘끔거린다. 영 신경 쓰이기에 내가 먼저 말을 붙여 보기로 했다.

"왜, 지탄다?"

"아, 네."

지탄다는 잠시 망설이더니 결국 말을 꺼냈다.

"오레키 씨. 아까 나카조 선배가 하신 이야기가 혼고 선배의 진의라고 생각하시나요?"

"……난 그렇다 치고 넌 어떤데?"

내가 되묻자 지탄다는 말하기 껄끄러운 듯 어물거렸다. 하지만 이 정도로 태도에 심경이 빤히 드러나는 녀석도 흔치 않다. 지탄다는 얼굴이 확 달라지지는 않지만 눈과 입은 표정이 매우 풍부하다. 내가 대신 말해 주었다.

"마음에 안 들지?"

"마음에 안 들다니요, 어떻게 그런……. 그저…… 좀 납득이 안 될 뿐이에요."

요는 마음에 안 든다는 말 아닌가.

나카조의 태도는 어떤 의미에서 훌륭했다. 자신이 생각하는 바를 당당하고 굳건히 주장하고 해석을 거듭해 반론을 봉쇄하기까지 했다. 그러나 나카조의 열의가 제아무리 대단해도 납득할 수 없는 것은 납득할 수 없거니와 마음에 안 드는 것은 마음에 안 든다.

나카조를 따라 할 마음은 없지만 팔짱을 끼었다.

"뭐, 그럴 만도 하지. 나카조의 주장은 성립되지 않으니까. 무의식중에 그게 마음에 걸리는 거 아니냐?"

이 말에 반응을 보인 사람은 지탄다가 아니라 오히려 이바라였다.

"성립되지 않는다고? 모순이 있는 거야, 오레키?"

이바라는 물어뜯을 듯한 기세로 추궁했다. 그렇게까지 나카조를 짓밟고 싶은 거냐.

나는 사토시에게 손짓했다. 사토시는 내가 무슨 말을 하려는지 알아차리고 안내도를 던져 주었다. 지탄다와 이바라에게 잘 보이게 책상에 폈다.

나는 되도록 별것 아니라는 듯 말했다.

"나카조 안은 참으로 간단해서 영화를 미스터리로 보는 게 어처구니없어질 정도지. 그 단순함 때문에 물리적으로 부정하기는 쉽지 않을 거다. 이바라, 너, 그게 물리적으로 불가능하다고 말하려다가 못 한 거지?"

말없이 부루퉁한 얼굴은 긍정의 표시인가.

한편 지탄다는 자못 흥미진진하다는 듯 몸을 앞으로 내밀었다. 나는 슬며시 내가 앉은 의자를 뒤로 물렀다.

"그럼 다른 면에서 보면 불가능하다는 말씀인가요?"

"불가능하다고는 안 하겠지만……. 이바라가 나카조한테 물었던 거 기억나냐? 혼고가 그 미스터리가 어떤 트릭인지 말한 적 없느냐고 물었는데."

지탄다는 고개를 크게 끄덕였다.

"기억나요. '미스터리의 트릭이 물리 트릭인지 심리 트릭인지 그런 말씀은 없으셨나요?'라고 물었죠."

"그래. 즉, 지극히 간단한 물리적 해결은 지극히 간단한 심리적 측면에서 부정되는 거야."

그렇게 말하자 별안간 사토시가 웃었다.

"하하하, 꽤나 변죽을 울리는데, 호타로. 진짜 '탐정 역할' 같은걸!"

내가 그것을 바라지 않는다는 것을 알면서 하여간 성격 나쁜 녀석이다. 하지만 아닌 게 아니라 변죽을 울리는 표현이었는지 모른다. 그 점은 순순히 반성하고 바꿔 말했다.

"그러니까 범인의 심정에서 생각하면 절대 창문으로 들어갈 수 없다는 말이야."

안내도의 사건 현장을 가리켰다. 정확히는 그곳 창문을.

"등장인물들 중 누가 이 창문으로 침입하려면 필연적으로 극장 밖을 지나야 하지. 하지만…….

대낮에, 온 극장에 동급생이 흩어져 있는 상황에서 그런 일은 할 수 없어. 보면 알겠지만 어느 방에서 사건 현장으로 가건 반드시 누군가의 시선에 걸리게 된다고. 발소리도 들릴 테고. 나 같으면 그런 위험을 감수하진 않을 거다."

사토시가 턱을 쓰다듬었다.

"흠, 그래, 그렇단 말이지. 확실히 내가 살인을 저지른다면 남의 시야에 날 노출시키는 나카조 안은 도저히 택할 수 없을 거야. 밤이면 또 몰라도 낮이고 말이지. 너무 물리적 가능성만 따졌나."

"뭐, 그런 이야기다."

그렇게 이야기를 끝맺자 지탄다가 한숨을 후 내쉬었다.

"이제 알겠어요. 제가 도무지 납득이 안 됐던 건, 나카조 선배의 의견을 실행에 옮겼을 때의 영상을 상상했기 때문인 것 같아요. 가이토 선배가 있는 곳에 숨어들 때 위층 방에 누가 있는 셈인데 그건 이상하죠."

그래도 표정이 석연치 않은 사람이 있었다. 이바라다.

"그건 오레키 말이 맞을지 모르지만, 혼고 선배가 그 점을 알아차렸을지는 알 수 없지 않아?"

그것도 그렇다. 혼고에게 물어볼 수 있다면 모든 것은 단숨에 해결되는데…… 뭐, 그게 불가능하니까 우리에게 맡긴 것이겠지만. 하지만 그렇다고 방치할 수도 없으리라.

"혼고가 어디까지 신경을 썼을지 우리는 알 수 없어. 하지만 그것도 간접적으로는 알 수 있겠지."

거기까지 말했을 때 지학 교실에 손님이 들어왔다. '안내인 역'인 에바다. 에바는 교실 입구에 선 채 안으로 들어오려하지 않았다.

"성과가 있었나요?"

사토시가 비뚜름하게 웃으며 대답했다.

"방식을 알았습니다."

"그 말은?"

"나카조 선배의 안은 불합격입니다."

에바는 그런가요, 하고 중얼거리기만 했을 뿐 별로 유감스러워 보이지 않았으나 지탄다는 정중히 고개 숙여 사과했다.

"죄송합니다."

"아뇨, 당신 탓이 아니에요. ……그럼 내일, 두 번째 사람을 준비해 두겠습니다."

내일. 내일도 하는 건가. 내 여름 방학이…….

에바는 물을 것을 묻고 할 말을 하고는 그냥 가려 했다. 나는 그 뒷모습을 향해 불렀다. 에바가 멈춰 서서 의아한 표정으로 돌아보았다.

"뭐죠?"

어쩐지 냉랭한 느낌이다. 그러나 구태여 신경 쓰지 않기로 했다.

"대본을 구할 수 없을까요? 실제 촬영에 사용된 대본으로."

에바는 나를 재는 듯한 시선으로 바라보았다.

"비디오를 봤는데도 필요한가요?"

"네, 뭐. ……혼고 선배의 주의력을 알고 싶어서요."

에바는 살짝 고개를 끄덕이고는 준비해 주겠다고 말했다.

그 뒤로도 우리는 얼마 동안 나카조를 안줏거리로 대화를 계속했으나 그의 해결안은 이미 화제에 오르지 않았다. 결과가 어쨌든 나카조의 열의는 우리에게 깊은 인상을 남긴 듯 내내 두서없이 그 이야기만 했다.

내가 받은 인상을 하나 소개하자면, '필요한 기술을 갖지 못한 인간은 맡은 일을 잘 해낼 수 없다'는 이리스의 말이 나카조에게 참 잘 맞는다.

3
〈불가시의 침입〉

이튿날.

전날 내가 움직이고 싶어 하지 않았던 것 때문인지 아침에 지탄다가 전화했다. 지극히 온건하게 포장한 반드시 오라는 부장 명령을 거스를 적극적인 사유도 없으니, 결국 그날도 학교로 가게 되었다. 뭐, 일단 올라탄 배에서 중도 하선하는 것도 쉽지 않을 것이다. 이미 그럴 마음이 없었다.

집에서 나올 때 우편함에 국제 우편이 들어 있는 것을 발견했지만 수신인이 내가 아니라 아버지이기에 그냥 두었다. 누가 보낸 것인지는 보지 않아도 알 수 있다. 오레키 도모에, 우리 누나다.

누나는 일본을 누비고 다니는 것만으로는 성이 안 차 세계를 주름잡는 중이다. 지금쯤 동유럽에 있을 것이다. 누나는 이따금 내게 성가신 일을 안겨 준다. 게다가 그것은 '지탄다가 성가신 일을 안겨 주는' 것과는 의미가 또 다른, 조금 더 메타적 차원의 성가신 일이다. 그러나 이번 우편물은 내게 보낸 것이 아니다. 따라서 나는 누나에게 휘둘리지 않고 마음껏 지탄다에게 휘둘릴 수 있는 셈이다. 참으로 경사가 아닐 수 없다.

……경사는 개뿔.

그런 이유로 지학 교실.

에바가 오기 전까지는 할 일이 없다. 변함없는 더위 속에 그늘진 자리에 앉아 백 엔 균일 판매대에서 건진 페이퍼백을 대충 읽었다. 목하 미스터리 영화 때문에 귀찮은 상황이다 보니 추리 소설을 읽을 마음이 나지 않아 그 외의 것으로 비교적 최근 책들을 파는 중고 서점에서 골라 왔다.

교실 반대편, 창가에서는 햇빛에 구워지는 것도 아랑곳없이 지탄다가 운동장을 내려다보고 있다. 지탄다는 더위에 강하다. 또 아무리 볕을 받아도 어째선지 피부가 타지 않는…… 것 같다. 운동장을, 정확히는 그곳에서 벌어지는 축제 준비를 꼼짝 않고 바라보기에 또 무슨 성가신 일을 발견한 건가 했는데, 특별히 호기심에 눈을 반짝이는 것은 아닌 듯하다. 즉, 이 녀석도 할 일이 없는 것이다.

할 일이 없지 않은 사람은 이바라다. 문집《빙과》제작의 실무 책임을 맡은 이바라는 지금도 공책을 꺼내 뭔가를 쓰고 있다. 원고는 완성됐을 텐데 뭘 또 그렇게 쓸 게 있느냐고 조금 전 물었더니 무시무시한 눈으로 노려보았다. 이바라 왈,

"원고만 갖고 문집이 되면 편집이 필요 있겠니?"

수고 많으십니다.

그리고 사토시로 말하자면 나처럼 문고본을 들고 있다. 커버를 씌워서 무슨 책인지는 모르겠다. 사토시는 미소가 기본 표정인데, 아무리 그래도 웃으면서 책을 읽지는 않는다. 무표정한 사토시라는 것도 해괴하다.

그런데 사토시의 표정이 갑자기 누그러졌다. 책을 엎어 내려놓고 얼굴을 들더니 주위를 빙 둘러보았다.

"그런데 너희는 탐정 소설을 얼마나 읽어 봤지?"

이바라는 쓰던 것을 멈추고 어깨를 돌리며 되물었다.

"후쿠, 그런 건 왜?"

"응, 어제 나카조 선배 이야기를 들으면서 생각했거든. 똑같이 탐정 소설이라고 해도 이해하는 건 꽤나 다르구나 싶었어. 그래서 우리가 갖고 있는 탐정 소설관이라고 할지, 그런

시각의 차이를 한번 확인해 두고 싶어서."

흠, 아닌 게 아니라 나카조의 시각은 내게 참신하게 느껴졌다. 하룻밤 지난 지금 생각해 보면 그것은 두 시간짜리 텔레비전 추리 드라마 같은 느낌이었을지 모른다. 그런 차이에 사토시가 흥미를 느끼는 것은 이상한 일이 아니다.

"그래? 그렇지만 난 보통인데."

"그 '보통'이 사람마다 다르니까 물어보는 거잖아."

사토시가 웃으며 말하자 그것도 그렇겠다고 생각했는지 이바라도 쓴웃음을 지었다.

"보통이라고 할지, 음, 보통인 것 같은데. 크리스티에서 엘러리 퀸, 그리고 카."

그게 보통인가? 이름은 들어 봐서 아는데……. 사토시도 고개를 갸웃거렸다.

"보통이라기보다 왕도라고 할까. 오히려 고전. 고전부에 딱 맞는걸. ……그게 다야, 일본 건?"

"그러고 보니 별로 많이 안 읽은 것 같아. 철도 관련 작품은 좀 읽었을까. 미스터리 자체는 비교적 좋아하는데 좋아지지 않는 작가가 많아서."

꽤 익숙한 것 같다. 어쩐지 이번 2학년 F반의 '미스터리'에 관심을 보인다 싶었다. 아마 여기 있는 우리 넷 중에 이바라가 추리 소설을 가장 많이 읽었을 것 같다.

"호타로 넌?"

내게 묻기에 문고본을 펼쳐 든 채 대답했다.

"난 그렇게 많이 안 읽는데."

"특별히 탐정 소설이라고 의식한 적이 없는 거지? 넌 지조 없이 닥치는 대로 읽는 편이니까."

남이야.

"책등이 노란 문고본을 몇 권 읽어 봤는데. 그냥 그 정도."

"아하…… 그럼 일본 작가군. 비교적 건실한 출판사지."

진지하게 대답할 마음이 없었으므로 적당히 넘겼는데 사토시가 곧바로 맞받아쳤다. 그렇게 말해도 통하나 보다. 사토시의 지식은 여전히 무의미하게 광범위하다.

사토시의 시선이 지탄다를 향하자 지탄다는 고개를 천천히 흔들었다.

"전 안 읽어요."

"엥?"

사토시가 뜻밖이라는 듯 소리쳤다. 나도 굳이 따지자면 뜻밖이었다. 그 어떤 시시한 일에서도 수수께끼를 찾아내는 지탄다의 성격을 생각하면 추리 소설이 취향이 아닐까 싶었기 때문이다. 사토시는 재차 확인했다.

"전혀? 아예?"

"전 미스터리를 별로 즐기지 못하는지도 모르겠다는 생각이 들 만큼은 읽었어요. 지난 몇 년간은 한 권도 안 봤네요."

읽어 본 적이 없는 게 아니라 읽고 나서 거부한 모양이다. 하루하루를 추리 소설풍으로 바꿔 놓는 아가씨가 추리 소설이 불편하다고? 꽤나 역설적이다. 비즈니스 소설이 싫은 비즈니스맨 같은 걸까. 그런 식으로 생각하니 별로 이상한 일이 아닐 것도 같다.

그런데 이바라가 이상하다는 듯 말했다.

"그래? 하지만 지이, 2학년 F반 미스터리 영화를 꽤 기대하지 않았어?"

지탄다는 살짝 웃었다.

"이리스 선배네 반에서 만든 걸 보는 게 기대됐던 것뿐이에요. 미스터리 영화가 아니라."

그렇군. 말은 된다.

자, 이제 한 명 남았다. 순서는 지켜야 한다. 혼자 연신 고개를 끄덕이는 사토시에게 물었다.

"그래서, 넌 어떤데?"

"나?"

"고금동서의 명탐정을 망라하고 있냐?"

그렇게 농담조로 말하자 사토시는 명확히 부정했다.

"아니."

음?

이바라가 어쩐지 입꼬리를 올린 것 같다.

"나 알아, 후쿠의 취향 정도는."

그러자 사토시는 겸연쩍은 듯 고개를 숙였다. 그 모습이 지탄다의 관심을 돋운 듯했다.

"네? 뭐죠? 후쿠베 씨, 비밀은 아니죠?"

참고로 여기서 사토시가 비밀이라고 하면 지탄다는 절대로 그 이상 캐묻지 않는다. 이것도 경험으로 안 사실인데 아가씨의 호기심은 절도를 지킬 줄 안다.

하지만 사토시는 묘하게 어물거렸다.

"음, 뭐, 난······."

뭐냐. 왜 그렇게 빼?

옆에서 이바라가 산통을 깼다.

"후쿠는 셜로키언을 동경하지!"

······그거라면 이해된다.

셜로키언이란 요컨대 셜록 홈스의 열광적인, 그것도 매우 열광적인 팬을 일컫는다. 자세히는 모르지만 홈스의 파트너가 키우던 불도그의 만년을 진지하게 연구한다고 들었다. 치기와 장난기가 있어야 가능한 취미일 텐데, 사토시는 아마 두 개 다 갖추고 있을 것이다.

"셜로키언이 뭐죠?"

"응, 그게 뭐냐면……."

셜로키언을 모르는 듯한 지탄다에게 이바라가 설명해 주는 옆에서 사토시는 작은 목소리로 수정했다.

"내가 동경하는 건 셜로키언이 아니라 홈지스트인데……."

어이구야, 뭐가 다르다는 건지.

사토시를 상대하고 있는데 에바가 나타났다. 입구에 서서 고개를 숙이며 오늘도 잘 부탁한다고 말했다. 그러고는 별로 미안해하지 않는 표정으로 양해를 구했다.

"죄송하지만 빈 교실을 확보하지 못했어요. 좀 지저분하긴 하지만 2학년 F반 교실을 이용해 주세요."

"그럼 갈까. 판정 회의 그 두 번째야."

사토시의 명랑한 목소리를 신호로 줄줄이 지학 교실을 나섰다. 판정 회의라면 저쪽에서 와도 될 것 같은데. 막연히 그런 생각을 했다.

오늘도 학교는 각 동아리 부원들로 성황을 이루었다. 복도에 울려 퍼지는 거문고 소리는 전통 음악부인가. 어디서 들어 봤는데 싶었더니 맥 빠지게도 미토 고몬*이다. 우아한 건지, 아닌 건지.

에바는 걸음을 옮기며 어제 우리가 물었던 것을 앞질러 설명했다.

"오늘 만날 사람은 하바 도모히로. 소도구 팀에 있어요."

사토시를 돌아보자 녀석은 고개를 흔들었다. 하바도 유명인은 아닌 모양이다. 어제는 촬영 팀, 오늘은 소도구 팀인 것을 보니 어째 내일도 있을 것 같다. 에바는 시선을 앞으로 향한 채 엄숙하게 설명을 계속했다.

"딱히 직책을 맡은 건 아니지만 워낙 나서…… 적극적으로 참여해 주니 이것저것 자세히 알고 있을 거예요. 그 밖에 물어보고 싶은 게 있나요?"

세세한 데까지 생각이 미치는 이바라가 물었다.

"저, 그 하바 선배란 분이 나서…… 적극적으로 참여하는 사람이라면 왜 배우가 아니죠?"

하하, 과연. 아닌 게 아니라 그런 타입의 인간이라면 화면에서 설치고 돌아다니고 싶어 할 것 같다. 에바는 이바라를 돌아보더니 고개를 살짝 끄덕였다.

_____

● **미토 고몬**　　　일본의 인기 텔레비전 사극.

"배우가 되려고 했죠."

"그럼……."

"다수결로 떨어졌어요."

그것도 '과연'이다. 나도 모르게 한마디 했다.

"왜 그런 사람을 만나라는 겁니까?"

나서…… 적극적으로 참여한다고 평가되는 사람이 우리 같은 제삼자의 판단을 순순히 수용하겠나. 에바가 처음으로 표정다운 표정을 보였다. 난감한 것 같다.

"저도 적임이 아니라고 생각하지만…… 이리스의 인선이니 무슨 이유가 있겠죠. 굳이 찾아보자면, 그래요, 스태프 중에 가장 미스터리를 많이 안다는 게 이유일지도 모르겠네요. 하기야 그것도 자칭이지만요."

나름 변명해 주려 하는데 완전히 성공하지 못하는 게 귀엽다.

그렇지만 '여제' 이리스가 인원 배치에 얼마나 능한지는 사토시가 잔뜩 강조한 바다. 그 말을 믿는다면 에바의 말처럼 무슨 이유가 있으리라. 어차피 이번 일은 이리스에게 말려들어 관여하게 된 것인데, 이리스의 전략을 의심해 봤자 하등 도움 될 것 없다. 내가 그런 생각을 하는데 사토시가 어쩐지 불만스레 말했다.

"이리스 선배는 어디서 뭘 하시는 거죠? 전혀 얼굴을 안 내밀잖습니까."

그러고 보니 그렇다. 그저께 시사회 이래로 보지 못했다. 그러나 에바는 여기에는 서슴없이 대답했다.

"여러분이 '정답'을 찾아내면 그걸 대본으로 써 줄 사람을 찾고 있어요. 그쪽도 꽤나 난항을 겪고 있는 모양이더군요."

연결 통로를 건넜다. 특별동에서 일반동으로.

2학년 F반 교실이 보이는 데까지 왔을 때 지탄다가 입을 열었다.

"에바 선배."

"네."

"선배는 혼고 선배와 친하셨나요?"

그 질문에 에바는 잠시 당황한 듯했다. 동요했다고 할 정도는 아니지만 말투가 어쩐지 부자연스럽게 느껴졌다.

"……왜 그런 걸 묻죠?"

지탄다는 에바의 뒷모습을 향해 미소를 지었다.

"아뇨, 별것 아니에요. 그저 대본을 쓰신 분이 어떤 분인지 궁금한 것뿐이에요. 아주 성실한 분이셨나 봐요."

2학년 F반 교실 앞에 이르렀다. 에바는 멈춰 서서 돌아보더니 약간 빠른 말투로 말했다.

"혼고는 고지식하고 주의 깊고 책임감이 강하고 바보처럼 착하고 나약한 내 둘도 없는 친구예요. 하지만 이런 말로 설명한들 뭘 알 수 있다는 거죠? …… 자, 하바가 기다려요. 잘 부탁합니다."

그러고는 등을 돌리더니 하바에게 우리를 소개해 주지도 않고 가 버렸다.

좀 지저분하다는 에바의 말대로 2학년 F반 교실에는 물건이 어질러져 있었다. 비디오카메라 영화에 등장했던 배낭, 그리고 자주 등장하지 않은 배낭 속 물건을 교실 한옆에 모아 놓았다. 칠판에는 지저분한 글씨로 일정표인 듯한 것이 씌어 있고, 노란 분필로 그 위를 가로질러 '다음 일요일=절대 궁극 최종 마감!'이라고 커다랗게 적혀 있었다. 책상도 의자도 난잡하게 흩어져 있어 이 반의 프로젝트가 처한 위기가 처음으로 실감되었다. 장소를 이곳으로 정한 것은 혹시 이리스의 책략이 아닐까, 그런 엉뚱한 의혹이 들었을 정도로 교실의 분위기는 삭막했다.

교실 구석, 볕이 들지 않는 곳에 남학생이 앉아 있었다. 안경을 썼고, 보통 키 보통 체격이라기에는 약간 말랐다. 우리가 들어온 것을 보더니 연극 조로 한 손을 들었다.

"이리스가 부탁했다는 옵서버가 너희냐. 하바 도모히로다, 잘 부탁해."

우선 지탄다가 이름을 밝히고 어제 나카조에게 했던 것처럼 차례대로 자기소개를 했다. 하바는 우리 이름을 머릿속에 새겨 놓으려는 것처럼 몇 번씩 되풀이하고는 우리에게 의자를 권했다.

하바는 평소 어떤지 몰라도 기분이 좋아 보였다. 자리에 앉은 우리를 만족스러운 표정으로 보며 고개를 끄덕였다.

"너희, 미스터리를 좀 안다며? 이 반엔 그런 이야기를 할 수 있는 녀석들이 별로 없거든."

아무래도 2학년 F반 학생들 사이에 조금 왜곡된 정보가 도는 모양이다. 지탄다도 그런 잘못된 인식이 마음에 걸렸는지 나지막이 말했다.

"저희는 고전부인데요."

그러자 하바는 눈을 부릅떴다.

"그러냐, 고전 쪽이냐? 그럼 황금시대 작품을 읽는 거냐? 이거 난감한데. 그래, 그런 걸 본단 말이지."

어째 자꾸 어긋난다. 뭐, 활동 목적 불명의 단체인 고전부가 고전 미스터리를 취급한들 별로 이상할 것은 없지만.

하바는 여전히 난감하다고 중얼거리며 A4 용지를 꺼내 자기 앞 책상에 놓았다. 영화의 무대가 된 극장의 상세한 안내도였다. 각 방의 정식 명칭과 창문의 위치, 도중에 지워져 '나카무라 세이'까지만 읽을 수 있는 설계자 이름마저 있다. 막혀서 쓸 수 없는 출입구에 표시도 되어 있었다.

사토시가 놀라움을 금치 못하겠다는 양 큰 소리로 말했다.

"선배, 이건!"

"응? 뭐야, 너희 혹시 이거 못 받은 거냐?"

사토시는 말없이 직접 그린 안내도를 내밀었다. 하바는 그것을 보고 신음했다.

"……음, 뭐, 이걸로도 문제는 없겠지만."

"저, 이 안내도는 어디서 나셨어요?"

"그 극장은 어쨌든 후루오카 정에서 지은 공공건물이라 정사무소에 안내도가 남아 있다나. 이게 있으면 극중의 위치 관계를 파악할 수 있으니 이걸 써서 추리했던 거야."

이바라의 질문에 하바는 웃으며 대답했다.

하바의 안내도에는 시체의 위치는 물론 각 등장인물의 위치까지 상세하게 적혀 있었다. 의욕이 넘쳐서 안 될 것은 없지만, 아니, 그보다 나로서는 바람직한 일이지만. 하바는 흡족한 표정으로 덧붙였다.

"미스터리를 작가와 독자의 승부로 생각한다면, 아마추어도 그런 아마추어가 없다 할 혼고가 상대방이라는 게 좀 불만이긴 하다만."

꽤나 자신만만하군. 지탄다가 하바의 옆얼굴을 향해 물었다.

"혼고 선배는 미스터리를 잘 모르셨다죠?"

"그래. 이 영화를 시작하면서 처음 읽어 봤다더라."

"하지만 이야기를 창작한 경험은 있고요."

하바의 입꼬리가 올라갔다.

"죄 멜로였던 것 같지만. 봐라, 저게 벼락치기의 흔적이다."

턱짓으로 교실 한쪽을 가리켰다. 책 몇 권이 쌓여 있었다. 크기로 보건대 대부분 문고본 같다. 지탄다가 일어서며 물었다.

"잠깐 봐도 될까요?"

하바는 이상한 것을 신경 쓰는 지탄다 때문에 당혹한 듯했다. 나도 그런 게 무슨 소용이 있겠냐 싶지만, 아가씨의 호기심이 어디로 튈지 예측이 불가능한 것은 늘 있는 일이다. 지탄다는 대답을 기다리지 않고 일어나 책을 가져왔다.

안내도 옆에 쌓인 책 더미를 보고 사토시가 기묘한 탄성을 질렀다.

"와, 노부하라 번역이잖아. ……그것도 신장판."

방금 전 이야기에 등장했던 셜록 홈스였다. 엠보싱 가공을 한 표지는 공을 들여 만든 만큼 볼품이 있다. 빛이 날 것 같은 흰 표지가 이 책을 산 지 얼마 안 됐다는 것을 입증했다. 이바라는 그러건 말건 김샌다는 듯 말했다.

"홈스로 미스터리를 공부하려고 했다고요?"

"그래. 그러니까 아마추어라는 거야."

하바가 대꾸했다. ……홈스를 읽으면 아마추어라는 말인가. 꽤나 대담한 의견이다. 하물며 이 자리에는 셜로키언(아니, 홈지스트였나)을 동경하는 사토시도 있는데. 하지만 사토시 본인은 아무렇지도 않은 얼굴로 웃고 있다.

"그렇게 말할 수도 있겠죠."

흠.

지탄다는 맨 위에 놓인 책을 집어 훑어보았다. 얼른 끝내고 싶은데. 그런 내 마음을 아는지 모르는지, 뭐, 모르고 그러는 것이겠지만, 지탄다는 문득 책장을 넘기다 말고 뚫어지게 응시했다.

"어머."

"왜?"

"특이한 표시가 있는데요. 보세요."

어느 한 페이지를 보여 주었다. 무심히 시선을 돌리자 차례였다. 아닌 게 아니라 각 단편의 제목 위에 표시가 되어 있다. 그러나 내 눈에는 지탄다의 말처럼 '특이한' 표시 같지 않았다.

셜록 홈스의 모험[●]

코넌 도일

○ 보헤미아의 추문

△ 붉은 머리 조합

× 신랑 실종 사건

△ 보스콤 계곡의 참극

× 다섯 개의 오렌지 씨앗

◎ 입술이 비뚤어진 남자

○ 푸른 가넷

× 얼룩 끈

× 신부 실종 사건

△ 너도밤나무 저택

"보세요, 여기도요."

● 셜록 홈스 단편 제목은 일본 노부하라 판의 표기를 따랐다.

셜록 홈스의 사건집

코넌 도일

○ 고명한 의뢰인

◎ 흰 얼굴의 병사

△ 마자랭의 보석

× 세 박공 저택

○ 서식스의 흡혈귀

◎ 세 명의 개리뎁

△ 소어 교 사건

△ 기어 다니는 남자

△ 사자 갈기

× 복면을 쓴 하숙인

나는 대충 훑어보고 지탄다에게 책을 돌려주었다.

"뭐가 묘하다는 거냐? 써먹을 수 있을 것 같은 소재에 동그라미를 친 것뿐이잖냐."

"……그런가요?"

지탄다는 납득하지 못한 것 같았지만 그래도 순순히 물러났다. 사토시가 뭐라고 중얼거린 것 같았는데, 무슨 말을 했느냐고 물으려 시선을 돌리자 녀석은 모른 척하며 흥미진진하게 안내도를 들여다보고 있었다.

"이제 되지 않았냐? 그런 것보다 얼른 추리를 시작하자고."

하바가 손가락으로 책상을 또닥또닥 두들기며 빠른 말투로 말했다.

아하, 그래, 그렇다는 말이지. 한시라도 빨리 자신의 생각을 개진하고 싶어 좀이 쑤시는 모양이다. 뭐, 빨리 끝내고 싶은 것은 나도 마찬가지다. 또 다른 책에 손을 내밀려는 지탄다를 팔꿈치로 찔러 견제했다. 지탄다는 흠칫 놀라더니 손에든 문고본과 조바심을 내기 시작한 하바를 번갈아 보다가 문고본을 책 더미에 돌려놓았다.

"죄송합니다. 시작하죠."

하바는 크게 고개를 끄덕였다. 윗주머니에 멋으로 꽂아 놓은 볼펜을 꺼내며 마치 강의라도 시작하는 것처럼 헛기침을 했다. 자, 시작할 테니 삼가 경청하도록.

"그럼 어디 말해 볼까. 내 생각에 그 미스터리는 별로 어렵지 않아. 오히려 간단한 부류에 들어갈 거다."

그렇게 호언장담하고는 우리 반응을 본다. 적어도 나는 무반응. 다른 녀석들은 모르겠다.

"먼저 확인해 두어야 할 것은, 그 살인은 계획적인 게 아니라는 점이야. 아니, 반쯤 계획적이었다고 하는 게 좋을까. 아무튼 모든 게 예정대로 됐다는 종류의 이야기가 아니지. 오히려 범인은 우연히 조건이 갖춰졌기 때문에 그에 편승해서 범행을 저질렀다고 봐도 틀림없을 거다. 어때, 여기까지 문제 없지?"

도입부는 제법 훌륭했다. 아니, 솔직히 말해서 나는 그 점을 깨닫지 못했다. 그래, 그러고 보니 그 비디오카메라 영화에서 어떤 트릭을 구사했든 그것은 치밀하게 계획된 게 아니다. 왜냐하면……

"……왜죠?"

지탄다가 이상하다는 듯 물었다. 초장부터 걸고넘어졌으니 하바가 기분이 상하지 않을까 했더니만 그는 오히려 신이 나서 설명했다.

"왜냐하면 모든 게 계획대로 됐다면, 가이토를 어떻게 극장 오른쪽으로 유도할 수 있었던 거냐? 가이토가 혼자 극장 1층 오른쪽으로 간 건, 녀석이 자발적으로 열쇠를 선택한 결과다. 그것도 범인의 계략이었다기보다는 범인이 순간적으로 그 상황을 이용할 생각을 했다고 보는 편이 더 맞겠지. 뭐, 어느 쪽이건 어차피 큰 차이는 없고 말이다. 미스터리에선 그런 사례가 둘 다 풍부하거든."

마술사는 여러 장의 카드 중에서 자기가 바라는 카드를 관객이 고르게 하는 기술이 있다고 들었는데, 이번은 그런 것도 아니리라. 하바의 말은 타당하다고 여겨졌다.

이어서 하바는 볼펜 꽁무니로 안내도의 무대 오른쪽 옆을 가리켰다. '시체 발견 현장'이다.

"너희도 알다시피 이건 밀실 살인이다. 현장인 무대 오른쪽 옆으로 이어지는 문은 여기와 여기, 여기. 봉쇄돼서 쓸 수 없는 데가 두 곳, 시체 발견 당시 잠겨 있었던 데가 한 곳. 또 창문은 두 개야. 하나는 막혀 있었고, 또 하나는 바로 바깥에 키 큰 풀이 울창하지. 밀집한 풀엔 꺾인 흔적이 없어. 즉, 가이토를 죽인 범인은 보통 방법으로는 도망칠 수 없었어."

하바는 나카조가 도달한 결론까지 대번에 다다르더니 웃었다.

"하지만 가이토는 살해됐고 범인은 실내에 없었어. 전형적인 밀실이지. 너희는 굳이 말하지 않아도 알지 모르지만, 밀실 살인은 시체를 발견한 순간에 성립되어 있기만 하면 돼. 정확히는 성립된다고 모두가 믿으면 그만인 거야. 그럼 어떻게 하면 그게 가능할까. 그 방법은 고금의 추리 작가가 수도 없이 생각해 왔지.

가장 간단한 것부터 살펴볼까. 범인이 마스터키를 이용해서 현장에 침입했다가 그 뒤 정해진 장소에 돌려놓았을 가능성은 없나.

이건 우선 재미있지 않아. 진상이 이래선 돌팔매를 맞아도 할 말이 없을 거다. 혼고가 아무리 아마추어라도 이건 아니겠지. 그렇지만 뭐, 일단 검토는 해 보자고.

열쇠가 있는 곳은 사무실이야. 사무실에 들어가려면 현관 로비를 반드시 지나야 하지. 하지만 현관 로비는 줄곧 2층 소도구실에 있던 스기무라의 감시하에 있었어. 아니, 적어도 감시하에 있을 가능성이 있었어. 그러니 만약 범인이 열쇠를 손에 넣으려고 했다면 스기무라한테 들키지 않을 요행을 기대할 수밖에 없었던 셈이야. 사람을 죽이려고 하면서 이건 무리 아니겠냐.

그럼 스기무라라면 안전하게 열쇠를 손에 넣을 수 있었을까? 이것도 안 돼. 스기무라가 사무실에 가려면 세노우에와 가쓰타, 야마니시한테 들키지 않을 요행을 기대해야 하거든. 마찬가지야."

흠, 제법 신중하군. 태도에서 받은 인상만큼 엉터리는 아닌 모양이다.

"그렇게 보면 방금 검토한 '현관 로비를 안전하게 지날 수 있는 사람은 없었다'는 사실은 엄청 중요해져. 이로써 무대 오른쪽 옆뿐 아니라 1층 오른쪽 통로 자체에 아무도 침입할 수 없었다는 게 되니까. 그 의미는 알겠지?"

하바는 질문을 던지고는 얼굴을 들었다. 답을 말할 학생을 고르려는 것처럼 우리 얼굴을 하나하나 둘러본다.

……아, 이바라와 시선이 마주친 모양이다.

잠시 침묵한 뒤 이바라는 짤막하게 대답했다.

"물리적 트릭을 장치할 여지가 없다는 거죠?"

하바는 순간 실망한 표정을 지었으나 곧 붙임성 있는 태도를 되찾았다.

"그래, 맞아."

뭐냐, 단번에 정답을 맞힌 게 불만이냐. 어쩐지 퉁명스러워진 것 같다.

"예컨대 실 같은 것을 이용해 방 바깥에서 문을 잠그는 게 가능했다 쳐도 이 문제에선 의미가 전혀 없어. 범인이 오른쪽 통로로 들어갈 수도, 나올 수도 없었다는, 말하자면 제2밀실은 그걸로 깨뜨릴 수 없기 때문이야. 즉, 이로써 외부의 조작으로 밀실을 만들었을 가능성은 사라졌어.

이 제2밀실은 흔히 찾아볼 수 있는 유형을 또 하나 깨뜨리지. 피해자 자신이 밀실을 만들었다는 유형이야. 범인의 공격을 받았지만 죽지는 않은 피해자가 범인을 피해 달아나려고 방으로 들어가 문을 잠갔지만 결국 그 안에서 숨을 거둔 경우. 이것도 제2밀실의 존재에 의해 부정돼.

그럼 달리 어떤 가능성이 있을까. 우선 떠오르는 건 범인 이 살해 시각에 현장에 없었을 경우, 그리고 피해자 발견 당시 아직 살인이 벌어지지 않았을 경우야. 간단히 말하자면 기계 장치에 의한 살인과 전광석화 살인인 셈이지. 여기까지는 알겠지?"

나는 알겠다.

그러나 모르는 녀석도 있었다. 추리 소설을 이제는 읽지 않는 지탄다. 지탄다는 미안해하는 표정으로 손을 들었다.

"저, 죄송합니다. 좀 더 자세한 설명을 부탁드려도 될까요?"

지탄다의 부탁이 하바에게 만족감을 준 모양이다. 그는 고개를 끄덕이더니 또다시 의기양양하게 설명을 시작했다.

"기계 장치라는 건, 사전에 그 방에 어떤 덫을 설치해 뒀고 그게 가이토를 죽인 경우를 말하는 거야. 예를 들어 석궁이나 독침 등이 종종 사용되지. 전광석화 살인이라는 건, 문을 연 순간에는 아직 가이토가 죽지 않았는데 문이 열리고 모두가 가이토를 확인하기까지 한순간에 살인이 실행에 옮겨졌다는 유형. 알겠어?"

지탄다는 예에, 하고 맥없이 대답했다.

"그런데 이 두 가지 다 어떤 한 요소로 부정된단 말이지. 어때, 이건 알겠냐?"

도전 조로 말하며 이바라를 본다. 이바라의 눈썹이 안으로 모이는 것을 알 수 있었다. 그냥 잠자코 있을 것이지, 이바라가 대답했다.

"네, 알아요. 시체의 상태죠."

"……그래. 역시 미스터리를 아는 녀석하고 이야기하니까 재미있군."

무리를 하는 게 빤히 보인다. 나는 속으로 웃었다. 하바는 헛기침을 했다.

"시체의 상태, 즉, 팔이 떨어질 정도의 충격을 받고 죽었다는 사실이 기계 장치도, 전광석화도 부정하고 있어. 그 정도로 위력이 있는 덫이라면 현장에 들어가는 즉시 발견했을 테고, 전광석화 살인으로 그렇게 강력한 타격을 가할 순 없으니까.

요컨대,

혼고가 만든 이 밀실은 정면 돌파가 쉽지 않아."

하바는 거기까지 말하고는 일단 말을 끊었다. 의자에 한껏 기대앉아 한숨을 돌리더니 이내 자신만만한 태도를 되찾아 내게 말했다.

"어때, 너. 오레키라고 했던가? 이 밀실을 어떻게 풀면 될 것 같냐?"

사실 나는 하바가 이 뒤 이야기를 어떻게 풀어 나갈지 짐작이 갔다. 하바는, 십중팔구 일부러, 유력한 경로를 검토하지 않고 남겨 놓았다. 아마 그쪽이 하바가 준비한 정답일 것이다. 그러나 나는 그런 말은 하지 않고 웃음 띤 얼굴로 글쎄요, 모르겠는데요, 라고 대답했다. 그편이 순조로울 것이라고 생각했기 때문이다.

아니나 다를까, 하바는 비웃듯 웃으며 목소리를 높였다.

"이거야 원, 그래서야 쓰겠냐! 아니, 하지만 그럴 만도 한가."

그러고는 별안간 일어섰다. 촬영에 사용된 배낭이 쌓여 있는 곳으로 다가가 무더기에 손을 쑥 넣더니 손은 그대로 둔 채 우리를 돌아보았다.

"난 소도구 팀이라 말이지, 촬영에 필요한 소도구를 사기도 하고 만들기도 해서 준비했거든. 가이토의 팔하고 피도 우리가 만들었지만 이런 건 사 왔어."

하바가 꺼낸 것은 내 예상을 뒤엎지 않았다.

즉, 자일이다.

"혼고가 오락가락했던 걸까. 예를 들어 피 같은 건 미리 지시했던 양으로 턱도 없이 부족해서 촬영 팀이 엄청 허둥대야

했는데, 이거에 관해선 끈질길 정도로 확인을 하고 또 했거든. 로프를 준비해 달라고. 사람이 매달려도 절대 끊어지지 않을 만큼 튼튼한 거여야 한다고. 그래서 내가 절대 안전할 자일은 어떻겠냐고 했더니 혼고도 그게 좋겠다고 했어. 이걸 어디에 쓸지는 이제 알겠지?"

하바는 말하면서 자리로 돌아와 앉았다. 자일은 책상에 내던졌다. 의기양양하게 가슴을 편다.

"힌트도 주지. 실은 고노스는 가냘파 보여도 등산부거든."

나는 모두의 얼굴을 슬쩍 훔쳐보았다. 저 재미없다는 표정을 보면 이바라는 십중팔구 알고 있다. 사토시는 여느 때처럼 미소 띤 얼굴로 수첩을 보고 있는 터라 판단할 수 없다. 그리고 지탄다는 어리둥절한 얼굴이다. 모르는 게 분명하다.

내심은 어떻든 간에 우리가 아무도 말하지 않았으므로 하바는 특별한 비밀이라도 털어놓듯 목소리까지 낮추었다.

"그러니까 말이지, 1층으로 들어갈 수 없다면 2층을 통해 들어가면 되는 거야. 남은 경로는 그것뿐이거든. 2층 오른쪽 통로엔 고노스가 있었어. 그곳에 고노스가 배치된 건 우연이 아니야. 내 생각에 그건 고노스가 등산부기 때문이야.

혼고의 트릭은 알고 보면 간단해. 2층 창문에서 자일을 늘어뜨려 그걸 타고 아무도 모르게 현장에 침입해서 가이토를 죽이고 다시 똑같은 경로로 돌아온 거야."

"저, 그러니까 오른쪽 무대 옆으로 침입했다는 거죠?"

"그야 당연하지. 거기 말고 다른 데로 침입하면 문은 어쩌고? ……뭐, 이제 알았겠지. 그 영화는 아직 제목을 정하지 않았는데, 정한다면, 그래, 〈불가시不可視의 침입〉이라고 할까."

자, 어떠냐, 하듯 하바가 가슴을 좍 폈다. 정답은 이것밖에 있을 수 없다는 반석 같은 자신감 위에 서서 말했다.

"자, 다음은 너희 의견을 들어 볼까."

'들어 볼까'라고 한들. 우리는 서로 마주 보았다. 어쩐지 이바라가 시선으로 부추기는 것 같지만 무시하기로 했다. 반박해 봤자 에너지 낭비로 끝날 것 같은 느낌은 어제 나카조와 마찬가지다. 나카조가 열의와 끈기로 방어망을 쳤다면 하바는 자신감이다. 반대 방향으로 고개를 돌리자 지탄다와 눈이 마주쳤다. 나는 녀석이 하려는 말을 짐작하고 고개를 살짝 끄덕였다.

지탄다는 자기도 고개를 끄덕인 뒤 하바를 돌아보았다.

"훌륭한 의견이었다고 생각해요."

하바는 그에 대해 당연하다고 말하고 싶었을 수도 있겠지만 여기서는 겸허의 미덕에 입각해 이렇게 대답했다.

"아니, 뭐, 그 정도는 아니고."

그러고는 이바라에게 웃음을 지어 보였다.

"너는 어때?"

아아, 자극하지 말지. 그러나 이바라는 분할 텐데도 지탄다에게 동의하듯 고개를 끄덕였다.

하바는 하고 싶은 말을 다 했다. 보아하니 물러날 때가 된 것 같다. 나는 엉거주춤 일어섰다.

"훌륭하신 추리였습니다, 선배. 이리스 선배한테 좋은 보고를 드릴 수 있을 것 같습니다. 그럼 이만 실례하겠습니다."

하바는 매우 흡족한 표정으로 고개를 끄덕였다. 내 말을 계기로 모두 일어섰다. 각자 하바에게 인사하고 2학년 F반 교실을 뒤로하려 했다.

지탄다는 아직 책상에 남아 있던 셜록 홈스를 보며 말했다.

"죄송하지만 선배, 이 책 좀 빌려도 될까요?"

이상한 부탁이다. 그러나 기분이 좋은 하바는 흔쾌히 허락해 주었다.

"혼고 책이니까 때 타지 않게 빨리 돌려줘라."

남의 물건이라면 네가 허락하지 말라고 속으로 한마디 했다.

이바라, 사토시도 교실에서 나가고 마지막으로 나와 문을 닫을 때, 나는 교실에 고개만 넣고 지나가면서 하는 말인 양 물었다.

"선배."

"응? 아직 더 물어볼 게 있냐?"

"아뇨, 별건 아닌데요. 선배는 그 비디오를 보셨습니까? 가이토 선배의 팔, 제법 그럴싸해 보이던데요."

그러자 하바는 쓴웃음을 지으며 고개를 저었다.

"실은 아직 안 봤어."

나는 그 대답에 만족했다.

"어째 열 받아."

지학 교실에 돌아올 때까지 참았다가 이바라가 말했다. 그 짧은 한마디에 싸늘한 노기가 어려 있는 것이 확실했으므로 나는 농담으로 얼버무릴 수 없다.

그게 가능한 사람은 사토시다.

"왜, 마야카. 선배의 도전적인 태도가 신경에 거슬렸어?"

이바라는 천천히 고개를 흔들었다.

"도전적인 건 후쿠 너도 맨날 그렇잖아."

듣고 보니 말 된다. 사토시의 아무것도 두려워하지 않는 생활신조를 도전적이라고 평가하다니. 그나저나 나도 하바가 끈덕지게 시비를 건 것 때문에 이바라가 화난 줄 알았는데.

이바라는 뭘 모른다는 양 한숨을 쉬더니 말을 이었다.

"내가 기분이 나빴던 건 어쩐지 업신여기는 것 같아서야."

"마야카 널?"

"그것도 있지만…… 그것만이 아니고. 우리 모두를, 그리고 혼고 선배나 2학년 F반의 다른 사람들까지 그 선배는 업신여기고 있었어. 그렇다고 내가 화낼 이유는 없지만."

화낼 이유가 없으니 화내지 않는 게 아니라 화낼 이유는 없지만 화가 나는 건가.

내가 자신감의 발로라고 느꼈던 하바의 언동을, 이바라는 오만함이라고 본 모양이다. 하바는 주위를 얕잡아보고 있다고 말이다. 분명 자신감과 오만함은 구별하기 쉽지 않다. 어쩌면 다르지 않을지도 모른다는 생각이 들 정도다. 그렇지만 그 때문에 화를 내다니 정말 '정의'의 이바라답다고 나는 속으로 씩 웃었다.

"게다가 셜록 홈스까지 바보 취급받았다고. 넌 화 안 나?"

이바라의 거센 말투에도 사토시는 어깨를 으쓱하고 표표히 그것을 받아들였다.

"별로."

"왜!"

"셜록 홈스가 미스터리 초보가 읽는 책이라는 건 어떤 면에서 사실이니까. 나도 혼고 선배가 미스터리를 '공부'할 때 홈스부터 떠올린 건 그야말로 초보다운 선택이라고 생각하는걸. 마야카 너도 그렇게 생각하면서 너무 화내지 말라고."

사토시는 이바라의 어깨를 다독였다. 이바라는 하바의 오만함을 화내는 것이지, 홈스에 대해 존경심이 없다고 화내는 게 아니라고 생각하는데. 뭐, 이바라도 할 말을 하고 속이 풀린 모양이니 내가 참견할 필요는 없다.

그보다 눈앞의 문제가 우선이다. 나는 책상에 걸터앉았다.

"그래서, 어때? 하바 안을 '여제' 폐하께 아뢰어도 될 것 같냐?"

빌려 온 홈스 책을 펴고 있던 지탄다를 포함해 세 사람의 시선이 나를 향했다.

먼저 사토시가 약간 망설임이 남은 말투로 대답했다.

"응, 뭐, 괜찮지 않을까. 솔직히 재미있는 결론이라고 생각하진 않지만 혼고 선배가 튼튼한 로프를 준비하라고 말한 게 결정적이야. 세부는 다르더라도 크게 어긋나진 않을 거라고 생각해."

이어서 이바라가, 이쪽은 의외로 선뜻 고개를 끄덕였다.

"나도 특별히 문제는 없다고 생각해. 딱히 모순이 있는 것도 아니겠다. 비디오카메라 영화의 대본으로 이상하지 않은 범위 내겠다, 반대를 위한 반대는 하기 싫어."

찬성 두 표다. 자, 세 번째는?

지탄다에게 시선을 돌렸다. 어째선지 녀석은 무척 당혹한 듯 보였다. 커다란 눈이 침착하지 못하게 움직였다. 입을 열려다가 우물쭈물한다.

"왜, 지탄다."

"네, 저…… 전 도무지 찬성할 수 없어요."

흠.

이바라가 내게는 절대로 보이지 않는 사근사근한 태도로 물었다.

"어째서, 지이?"

지탄다는 더욱 난처한 표정을 지었다.

"그게 말이죠, 저도 잘 모르겠어요. 하지만 혼고 선배의 진의는 그런 게 아니지 않을까 싶어서. ……아아, 이래선 설명이 안 되겠죠. 어제 나카조 선배의 안이 어쩐지 어색하게 느껴졌던 것처럼 왠지 몰라도 그래요!"

본인 말처럼 설명이 안 될뿐더러 잘 모르겠다고 하면 나도 알 길이 없다. 그러나 아무튼 지탄다는 반대 입장에 섰다. 그때 지탄다가 애원하듯 나를 돌아보았다. 그, 그런 눈으로 보지 마라.

"오레키 씨는 어떤가요? 오레키 씨도 그게 맞는다고 생각하시나요?"

음, 이렇게 주목받을 상황이 될 줄이야. 좀 더 부담 없이 말할 수 있을 줄 알았는데. 나는 책상에 걸터앉은 채 발을 흔들거려 최대한 여유를 연출하며 고개를 저었다.

"아니."

그 즉시 이바라가 따졌다.

"왜 그런 건데, 오레키."

······이중 잣대다. 비애를 느끼며 대답했다.

"하바의 안은 실행이 불가능하기 때문이야. 만약 실제로 그 극장에서 살인을 하려고 하는 거라면 사전에 준비만 해 두면 써먹을 수 있는 방법일 순 있어. 하지만 그 영화 안에선 쓸 수 없어."

사토시가 여느 때와 같은 미소 띤 얼굴로 뒷말을 재촉했다.

"요는?"

"요는, 이미 찍은 영상하고 모순이 발생한다는 거다. 안내도를 잠시 잊고 그저께 본 비디오를 떠올려 보라고. 무대 오른쪽 옆에서 그 창문이 어떻게 비쳤는지를."

그리 신경 써서 본 것도 아닌 나조차 기억할 정도다. 안내도를 잠시 잊으라는 힌트만 있으면 세 사람이 그것을 기억해

내는 것은 어렵지 않았다.

사토시가 대표로 고개를 끄덕였다.

"아아, 그렇군. 그 창문은……."

"그래. 오랫동안 방치돼서 잘 열리지 않았지. 가쓰타가 온 힘을 다해 흔들어도 좀처럼 열리지 않았어. 가까스로 열렸을 때 얼마나 큰 소리로 삐걱거렸는지 기억나지? 상당히 뻑뻑했다고.

그 창문으로 범인이 침입하는 장면을 찍으려면 고노스는 자일에 매달린 불안정한 자세로 풀밭에 흔적을 남기지 않으려고 주의하면서 그 창문을 위로 올려 열어야 하는 거야. 쉽지 않을 거다. 시간도 걸릴 테고 소음도 엄청날 테지. 자칫하면 유리가 깨질 수도 있어. 도대체가 그렇게 창문을 덜컹거리는 사이에 가이토는 어쩌고 있는데? 우두커니 서 있겠냐? 그런 건 무리야.

만약 혼고가 그 대본을 현지 취재 없이 썼다면, 창문이 그런 줄 모르고 그런 트릭을 선택했어도 이상할 건 없어. 실제로 하바는 촬영한 영상도 보지 않고 안내도만으로 해법을 찾아내려고 했기 때문에 그게 가능하다고 생각했으니까."

"아아, 그래서 오레키 씨는 하바 선배께 비디오를 봤느냐고 물었군요!"

지탄다가 큰 소리로 말했다. 나와 하바의 말이 들렸나? 지탄다의 예민한 오감에는 매번 놀라게 된다.

"그래. 비디오를 봤다면 공중에서 침입하는 건 무리란 걸 알았을 텐데.

아무튼 혼고는 그 극장을 미리 둘러본 뒤 대본을 썼어. 나카조가 그렇게 말했지. 만약 혼고가 그 창문을 하바 말처럼 사용하고 싶었다면, 그리고 이리스 말처럼 혼고가 꼼꼼하게 신경 쓰는 사람이었다면, 시체 발견 장면에서 창문의 빡빡함을 강조하는 일이 없도록 촬영 팀에 기름이라도 들려 보냈을 거다. 혼고는 창문이 잘 안 열리는 것 따위 신경 쓰지 않았던 거야.

그런 이유로 난 하바의 안에 찬성할 수 없는데 어떻게 생각하나?"

물어볼 것도 없었다. 사토시가 내 해석을 타당하다고 생각하는 것은 보면 알 수 있다. 이바라에 이르러서는 아아, 괜히 찬성했다, 하고 내뱉듯 말하는 지경이다.

"그럼……."

내가 말을 꺼내는데 뒤에서 목소리가 들려왔다.

"보아하니 오늘도 마땅치 않았던 모양이네요."

돌아보니 언제부터 있었는지 에바가 서 있었다.

이 녀석은 정말 해결을 기대하고 있는 걸까. 그런 생각이 들 정도로 에바는 주저 없이 말했다.

"그럼 내일을 기대하도록 하죠. 세 번째 사람을 준비하겠습니다."

"아…… 부탁드립니다."

잇따라 이어지는 말에 지탄다가 가까스로 인사말을 끼워 넣었다. 에바는 고개를 흔들고는 이것도 별일 아니라는 듯 덧붙였다.

"그렇지만 내일이 마지막입니다. 내일모레 저녁까지 해결되지 않으면 촬영에 맞춰 대본을 쓸 수 없어요."

오늘은 수요일. 그래, 아무리 그래도 그 이상은 무리다.

불안해진 우리에게 에바는 표정을 누그러뜨리고 정중히 고개를 숙였다.

"……오히려 우리가 잘 부탁해요."

4
⟨Bloody Beast⟩

이튿날.

요 근래 맑은 날씨가 이어지고 있다. 오늘도 일본은 전국적으로 화창하다. 야외 활동에 딱 좋은 날씨다. 아침에 오랜만에 텔레비전을 잠깐 봤는데, 흘러가는 여름을 바다에서, 산에서, 그 밖의 곳에서 아쉬워하는 사람들이 나왔다. 검게 탄 피부! 활짝 웃는 얼굴! 이게 바로 바캉스다!

우리는 교실 구석에서 책상을 네모꼴로 놓고 구수회의鳩首會議중이다.

하기야 나는 어느 쪽 취향도 아니다. 굳이 따지자면 구수회의 쪽이 성미에 맞는지도 모른다. 마음대로 해도 된다고 하면 냉방이 잘되는 찻집에서 뜨거운 커피라도 즐기면서 무위하게 시간을 보내고 싶다. 산미가 강한 원두를 블랙으로 마시면 좋겠다.

"오레키, 뭘 그렇게 멍하고 있어? 또 쓸데없는 생각 하지?"

정답.

의식을 회의로 되돌렸다. 의제는 말하나 마나 〈미스터리(가제)〉의 결말에 관해서. 그에 관해 우리가 의논한다고 옵서버의 권한을 넘은 폭거라고 욕먹을 이유는 없다. 하기야 나는 그냥 잠자코 듣고만 있다. 마침 사토시가 현재 상황을 총괄한 참이었다.

"하바 선배 말이 맞아. 그 밀실은 제법 견고해. 이중 밀실은 그렇게 쉽게 풀리지 않을걸. 특히 바깥쪽 밀실에 관해선 어디 그렇게 호락호락 풀릴까 보냐 하는 느낌인걸."

사토시가 말하는 바깥쪽 밀실이란 어제 하바가 제2밀실이라 칭한 것이다. 1층 오른쪽 통로는 스기무라의 감시하에 있었으니 들키지 않고 침입할 수 있는 사람은 아무도 없었다는 그것.

지탄다가 자신 없는 듯 고개를 갸웃했다.

"풀리지 않는다고요? 어째서 그렇게 단언할 수 있죠?"

이에 대한 대답은 이바라가 했다.

"그건 말이지, 지이, 만약 하바 선배가 말하는 제2밀실이 있다면, 그걸 풀기 위해선 누가 언제 어떤 식으로 움직였는지 영상에 확실하게 찍혀 있어야 하거든. 그러려면 시간표든 뭐든 만들어서 이 삼십 초간이 사각死角이었다는 식으로 할 수도 있었을 거야. 하지만 비디오엔 그런 거 없었잖아. 영상이 너무 간소해서 오히려 빈틈이 없는 거야."

"아, 이제 알겠어요. 스기무라 선배가 홀을 보지 않는 순간이 있었다고도 없었다고도 할 수 없군요."

이바라는 고개를 끄덕이고 신음했다.

"게다가 스기무라 선배가 세노우에 선배 등등 몰래 행동할 수 있었을지도 좀 의심스럽고 말이지. 그러니까 난 혼고 선배가 제2밀실 같은 건 생각하지 않았다고 보거든. 그건 하바 선배의 생각이 지나친 거고, 누구나 오른쪽 통로로 들어갈 수 있었다는 전제로 생각하는 게 좋지 않을까 싶은데."

그건 포기하는 게 된다만, 이바라여. 그렇게 생각하면 편하기는 하지만. 이바라는 곧바로 자조적인 웃음을 지으며 손을 팔랑팔랑 흔들어 자신의 발언을 취소했다.

"……그렇지만 그렇겐 안 되겠지. 현관 로비에서 카메라가 스기무라 선배를 올려다보는 장면이 있었는데, 그건 아마 로비가 감시하에 있었다는 뜻일 테니까."

그러고는 침묵했다. 구수회의가 막다른 골목에 이르렀다.

그런 분위기를 민감하게 알아차렸는지 느닷없이 지탄다가 어깨에 메는 가방에 손을 뻗으며 말했다.

"참, 제가 깜박했네요. 이거 같이 드세요."

가방 안에서 나온 것은 근사한 상자에 든 초콜릿이었다. 상자에 쓰인 영어를 보건대 위스키 봉봉 같다.

"어디서 난 거야?"

책상 위에 별안간 출현한 화려한 물건에 이바라가 어이없다는 목소리로 물었다. 지탄다는 생긋 웃었다.

"신제품 샘플이래요. 전에 백중 선물을 주문했던 과자 가게에서 보내 주셨어요. 저희 집선 과자를 별로 먹지 않아서⋯⋯."

뚜껑을 여니 비교적 큼직한 위스키 봉봉이 대략 스무 개쯤 들었다.

"준다면 먹고."

하나 집어 포장지를 벗기고 초콜릿을 입에 넣었다. 깨물자 아몬드와 위스키 향이 코를 확 찔렀다. 지탄다가 얼굴을 가까이 들이밀고 물었다.

"어떠세요?"

"⋯⋯센데."

취할 것 같다. 의리상 한 개만 더 먹고 그만두자.

각자 초콜릿을 먹는 사이에 나도 잠시 사건을 생각해 보 았다.

이 미스터리의 가장 큰 무기는 정보가 제한되어 있다는 점 이다. 이바라의 말처럼 치밀하지 않은 까닭에 빈틈이 없다. 정말 영상 속의 정보만으로 풀 수 있는 게 맞느냐고, 맨 처음 확인했던 지점으로 돌아가고 싶어진다. 실제로 홀 입구의 문 이 막혀 있다거나 북쪽 창문에 판자를 쳐 놨다는 사실은 영상 에 들어 있지 않았다. 우리 지적을 받고 십중팔구 내일모레 (그래, 내일모레다!) 마지막 촬영 때 그런 정보를 제공하는 장 면을 촬영하겠지만.

문득 중도 퇴장한 대본 담당 혼고 마유가 생각났다. 추리 소설을 읽어 본 적도 없건만 추리물 대본을 쓰라는 말을 듣고 위와 신경이 상할 만큼 진지하게 임한 혼고. 고지식하다는 에 바의 평을 잘 알겠다. 하지만 딱하게도 그 정도로 신경 써서 쓴 대본이, 아마 촬영 팀의 추리물에 대한 인식 부족 때문이 겠지만, 영상으로 옮겨지니 '이거 풀 수 있는 거 맞아?'라는 말을 듣고 있다. 이 사실을 알면 혼고의 기분이 어떨까.

뭐, 별로 좋을 것 같지는 않다.

"……후우."

나도 모르게 한숨이 나왔다.

그러다 눈앞에서 엄청난 일이 벌어지고 있음을 퍼뜩 깨달았다. 내 앞에 놓인 위스키 봉봉 포장지는 두 개. 사토시 앞에도 두 개, 이바라 앞에 한 개. 그런데 지탄다 앞에는 벌써 여섯 개나 있다. 그러는 사이에도 지탄다는 일곱 개째 포장지를 벗기려 하고 있었다. 나는 황급히 말렸다.

"그만 먹어라. 그래도 술인데."

내 말을 듣고 지탄다는 손바닥 위의 일곱 개째를 물끄러미 쳐다보더니 자기 앞의 포장지에 시선을 떨어뜨렸다. 그러더니 일곱 개째도 훌쩍 입에 넣어 버렸다.

충분히 맛을 음미하고 삼킨 뒤 지탄다가 말했다.

"어머, 어느새 이렇게 먹었죠? 어째 특이한 맛이라 이게 무슨 맛일까 신경 쓰여서요."

신경 쓰였다니…….

"지이, 괜찮아?"

사태를 깨달은 이바라의 말에 지탄다는 미소를 지으며 답했다.

"괜찮다니 뭐가요?"

"아니, 그렇게……."

"괜찮아요. 괜찮고말고요. ……후후후후……."

어이구야. 웃음소리가 이상하다.

약속 시간이 되어 오늘도 에바가 찾아왔다. 여느 때처럼 무심한 태도로 지학 교실 문간에 선 에바가 눈살을 찌푸렸다.

"이 냄새…… 술인가요."

순간적으로 사토시가 대답했다.

"아뇨, 위스키 봉봉입니다."

그 농담이 에바에게 통했을까. 어쨌든 그녀는 알코올 냄새에 대한 관심을 잃은 듯 손에 든 종이 다발을 내밀었다.

"오레키."

아, 그렇군. 자리에서 일어나 종이 다발을 받아 들었다. 그 저께 에바에게 입수해 달라고 부탁한 대본이었다. 이게 있으면 혼고가 어디까지 의도했는지 파악할 수 있을 것이다.

"어제 줄 수 있었으면 좋았겠지만요."

정말이지 일찍 받는 편이 좋았을 것이다. 그렇게 생각하는 스스로를 깨닫고 쓴웃음을 지었다. 이 문제에 관해 내가 나서서 뭘 할 생각은 없지 않았던가? 나카조와 하바를 연파하고 너무 어깨에 힘이 들어갔나 보다.

해야 할 일은 간략하게. 곧바로 그저께 문제가 된 장면을 찾아보기로 했다. 사건 현장인 무대 오른쪽 옆 주변에 관한 언급이 없을까. 찾아볼 것까지도 없었다. 내가 펼친 페이지가 마침 그 부분이었다.

　고노스: 사무실에 마스터키가 있었어. 가서 가져올게.

　여기서부터 문을 열 때까지 한 장면으로 찍는 게 좋을 것 같아요.
　문을 열면 방 안에 남학생들만 들어갑니다(여학생들은 문간에 나란히 서 주세요).
　방 안에 가이토가 쓰러져 있습니다. 언뜻 보기에도 팔에 심한 상처를 입었어요. 불러도 대답하지 않습니다.

　스기무라: 가이토!

　남학생이 달려갑니다.
　누가 먼저 가든 상관없습니다.
　가이토를 안아 일으키는 스기무라의 손에 피가 묻습니다.

　스기무라: 피야…….
　여학생 일동: (비명)
　가쓰타: 가이토! 젠장, 어떤 놈이!

가쓰타가 창문을 엽니다(망가졌으니 유리를 조심할 것).

시간을 들여 창밖을 찍어 주세요. 이때 창밖에 발자국 등이 없게 주의해 주시고요.

가쓰타는 그 뒤 무대 왼쪽 옆으로 갑니다. 무대를 가로지르든, 무대 뒤 통로로 가든 상관없습니다. 무대 위는 목재가 썩은 곳도 있으니 조심해 주세요.

꽤 상세하게 씌어 있다. 전부 이런 식으로 썼다면 신경을 썼을 만도 하다. '창밖에 발자국 등이 없게'라는 주의 사항은, 나카조 말대로 혼고가 사전 조사를 했을 때 아직 풀이 무성하지 않았기 때문이리라. 나카조의 추리도 그에 한해서만은 옳았다는 뜻이다.

그런 생각을 하는데 지탄다가 말했다.

"대본인가요?"

"그래."

지탄다가 방글방글 웃었다.

"아, 좋겠다, 좋겠다. 저도 갖고 싶어요."

이 주정뱅이가. 원래는 지탄다에게 주는 게 가장 편하고 좋겠지만 지금은 영 불안하다. 대신 사토시를 불렀다.

"사토시, 펀치랑 철끈 없냐?"

사토시가 울컥한 표정으로 대답했다.

"그런 걸 갖고 다니는 녀석이 어디 있어?"

"호치키스도 되는데."

"그건 있어. 스테이플러지만."

사토시는 끈 달린 주머니에 손을 넣더니 호치키스를 꺼냈다. 이런 것을 갖고 다니는 녀석도 그렇게 흔치는 않다. 재빨리 대본을 대충 집었다.

"이거 어쩌지?"

"잃어버리면 좀 그러니까 네가 갖고 있어."

이바라의 말을 따라 내 책가방에 넣었다. 그것을 지켜보던 에바가 말했다.

"그럼 갈까요. 2학년 C반에서 기다립니다."

교실을 나서자 타이밍을 맞춘 것처럼 음악이 시작되었다. 오늘은 경음악부인가. 이건…… 〈The March of Black Queen〉. 어째 매번 소리 맞추는 연습이 시작된다 싶었는데, 아무래도 우리가 만나는 오후 1시에 음악 동아리들끼리 돌아가면서 소리 맞추는 연습을 시작하기로 합의가 된 모양이다. 다른 음악 동아리는 연습 소리조차 들리지 않았다.

앞장서 걷는 에바에게 이바라가 물었다.

"오늘은……."

"사와키구치예요. 사와키구치 미사키, 홍보 팀. 그러니 촬영엔 거의 관여하지 않았죠. 게다가 실제 영상이 완성되지 않았으니 사실 홍보 활동은 아직 시작되지도 않았답니다."

그렇다면 관계자라고 할 수 없지 않나, 무슨 이야기를 할 수 있겠나. 그런 당연한 의문에 당연한 대답이 준비되어 있었다.

"하지만 사와키구치는 초기 단계부터 프로젝트에 참가해서 방향성을 결정하는 데 깊이 관여했거든요. 좋은 생각이 있을지도 몰라요."

그러더니 잠시 뒤 덧붙였다.

"적어도 이리스는 그렇게 판단했어요."

흠, 초기 스태프란 말이지. 에바는 좋은 생각이 있을지도 모른다고 하지만, 내가 보기에는 글쎄다 싶다. 방향성 결정이라는 것 자체가 엉터리기 때문이다. 이리스의 이야기에도 나왔고 나카조와 하바의 이야기에서도 명백히 알 수 있듯, 2학년 F반에서 제작하는 비디오카메라 영화는 '미스터리'라는 것 외에 방향성이라 할 것이 없다. 그런 계획의 입안에 관여했다고 과연 높이 평가할 수 있을까. 그렇게 생각은 했지만 입 밖에 내어 말하지는 않았다.

연결 통로를 건너는데 갑자기 지탄다가 큰 소리로 말했다.

"아! 이제 생각났어요!"

"가, 갑자기 뭐야, 지이."

바로 옆에서 큰 소리를 지르는 통에 이바라가 휘청거리는 것도 아랑곳없이 지탄다는 자못 기쁜 표정으로 두 손을 가슴 앞에 모았다.

"맞아요, 사와키구치 선배라면 그 그림을 그린 분이잖아요? 오늘은 어째 기억력이 시원치 않네요. 그게 이제야 기억나다니."

뭐지? 지탄다가 아는 사람인가? 에바가 돌아보고 고개를 갸웃했다.

"그림? 사와키구치는 일러스트를 조금 그리는 정도인데 어디서 그걸 봤죠?"

지탄다가 생글생글 웃었다.

"미술 자료실에서요. 오레키 씨, 알고 계셨죠? 알면서 말 안 하시다니 심술궂어요."

나에게 시비를 건다. 취하면 괜히 실실 웃고 남에게 시비 거는 타입인가. 그나마 질 나쁜 게 아니라 다행이지만. 음, 미술 자료실? 뭐지?

내가 고민하는데 이바라가 먼저 생각해 냈다.

"아아, 그 괴상한 책 빌려 가던 사람들 중에 있었구나."

'괴상한 책'이란 표현은 좀 심하지만 어쨌든 나도 생각났다. 올봄, 그림과 관련해 작은 지혜 겨루기를 해 본 적이 있는데, 그 이야기에 몇몇 여학생 이름이 등장했다. 그중 한 명인가.

회상이라도 하는지 지탄다의 시선은 허공을 헤매고 있었다.

"사와키구치 선배, 그래요. 좀 특이한 그림을 그리는 분이었죠."

나는 그림까지는 기억나지 않지만, 만화 연구회 활동도 하며 비주얼 쪽에 관심이 있는 이바라가 고개를 끄덕이며 동의했다.

"맞아, 생각났어. 못 그리는 건지 개성적인 건지, 적어도 학교 수업으로 그릴 그림이 아니었던 건 분명해."

"추상화 같은 거였어?"

사정을 잘 모를 텐데도 사토시가 한마디 보탰다. 이바라는 잠시 고민했다.

"'못 잘 그린 만화'가 제일 가까운 표현일지도."

일련의 대화를 조금 떨어진 곳에서 지켜보던 에바가 살짝 웃었다.

"사와키구치의 그림을 봤나요? 그럼 본인을 만나도 어색함을 안 느낄지 모르겠네요."

무슨 뜻이지? 어쩐 의미심장하다.

에바가 멈춰 섰다. 어느새 2학년 C반 교실 앞에 와 있었다.

여학생은 머리를 둥글게 틀어 올렸다. 아니, 중국식 경단 머리라는 표현이 더 적절할지 모르겠다. 머리 양옆으로 경단 머리를 만들어 용이 프린트된 천으로 쌌다. 복장은 탱크 탑에 청바지. 살짝 그을린 피부, 손에는 잡지. ……천문학 잡지다. 전체적으로 뒤죽박죽 스타일인 여학생은 우리를 보더니 한 손을 치켜들고 웃었다.

"차오!"

이탈리아어 인사에도 지탄다는 조금도 당황하지 않고 정중히 고개를 숙였다.

"안녕하세요, 사와키구치 선배."

그러자 사와키구치는 한껏 한숨을 쉬었다. 미국 사람을 연상케 하는 과장된 몸짓으로 구제불능이라는 듯 고개를 내저었다.

"아아, 참 뭘 모르네. 차오엔 차오로 답해야지, 안 그러면 연결이 안 되잖니. 자, 다시 한번, 차오!"

어떻게 반응하면 좋을지 몰라 당황한 나와는 달리 지탄다는 태연했다.

"죄송합니다. 차오예요."

이 녀석, 역시 취했군. 지탄다는 평소 상대방이 엉뚱한 행동을 하면 혼란에 빠져 자신은 더욱 엉뚱한 행동을 하곤 하는데. 그런 생각을 하는데 사토시가 나지막이 말했다.

"꽤나 특이한 사람이네."

"그런 모양이다."

"가미야마 고등학교에 내가 모르는 괴짜가 있었을 줄이야……."

조금 분한 것 같다. 유유상종에도 한계가 있다는 뜻이리라. 사토시의 말이 들렸는지 에바가 난처한 웃음을 지었다.

한편 사와키구치는 지탄다의 반응이 마음에 들었는지 무척 기분이 좋았다.

"여기까지 오느라 고생 많았어. 내가 사와키구치 미사키야."

사와키구치의 자기소개에 에바가 우리를 손으로 가리켰다.

"이 학생들이 고전부. 살살 다뤄 줘, 미사키."

아닌 게 아니라 살살 다뤄 주지 않으면 나는 못 따라갈 것 같다. 에바는 이름까지 소개해 주지는 않았으므로 우리는 한 명씩 돌아가며 이름을 밝혔다. 사와키구치는 이름을 외울 마

〈Bloody Beast〉

음이 없는지 적당히 흘려듣다가 마지막으로 사토시가 이름을 대자마자 말했다.

"그래, 앉아."

"네."

우리가 의자를 끌어당기자 에바는 "그럼 잘 부탁해요" 하는 말을 남기고 바로 그 자리를 떠났다. 교실 문이 닫히자마자 사와키구치는 손가락 관절을 뚝뚝 꺾으며 말을 꺼냈다.

"우리 프로젝트를 도와주고 있다면서? 어때? 다른 애들 안은 괜찮았어?"

사토시가 솔직하게 말했다.

"아뇨, 그다지 괜찮지 않았어요."

"퇴짜 놓은 거야?"

"네, 뭐."

사와키구치는 그 대답에 만족한 듯 몇 번씩 고개를 끄덕였다.

"역시 그래야지. 학생은 모름지기 고생해야 해. 요새 젊은 사람들은 고생을 모른다니까."

'요새 젊은 사람들'의 발음이 마치 외국 로봇 같아 순간적으로 무슨 말인지 알아듣지 못했다. 무의미한 말을 좋아하는 사람이다. 그런 취미는 싫지 않지만.

한편 사토시는 뜻하지 않은 보물을 발견한 양 기뻐했다.

"네, 제법 만만치 않은 사건인데요. 이 정도는 돼야 작정하고 들러붙은 보람이 있죠."

보람은 무슨. 내가 아는 사토시의 좌우명은 두 가지, 하나는 '농담은 그 자리에서 끝내는 게 제일이다. 화근을 남기면 거짓말이 된다'고 또 하나는 '데이터베이스는 결론을 내릴수 없다'다. 데이터베이스를 자임하는 사토시는 스스로 해결책을 찾으려 하지 않는다.

사와키구치가 큰 소리로 웃었다.

"꽤 믿음직스럽네. 하긴 이리스가 추천한 제군인데 보통일리가 없지. 어때? 나도 뜻을 못 이루고 장렬히 산화하면 너희한테 뒷일을 기대해도 될까?"

"네, 맡겨만 주세요."

말로만 하는 약속이겠지만 경솔하게 까불거렸다가 나중에 된통 당해도 나는 모른다. 그런데 경솔하게 까불대는 것은 사와키구치도 마찬가지였다.

"좋아, 그럼 너희한테 맡긴 거야. 전면적으로 몽땅."

사토시는 허물없는 태도로 익살을 부렸다.

"그나저나 사와키구치 선배도 꽤 고생하시는 모양이네요. 홍보 팀에서 맡은 일, 전혀 진척이 없다죠? 역시 작품이 완성

안 된 탓이 큰가요?"

사와키구치는 부루퉁한 표정으로 팔짱을 끼었다.

"응, 뭐. 실물이 없으니 광고 포스터 하나도 만들기 어려운 건 사실이지만, 그건 어떻게든 할 수 있어."

"그럼 뭐가 문제죠?"

"그야 뻔하잖아."

한숨을 크게 쉰다.

"제목이야, 제목. 제목이 없으니 정말 속수무책이란 말이야. 글씨체도 정할 수 없다고. 하기야 실물이 완성된 다음 제목을 정하기로 했으니, 결국 문제는 실물이 없다는 걸까."

그러고 보니 그렇다. 학교 축제 기획의 홍보라면 보통 현수막이나 포스터일 텐데, 거기에 작품 제목이 없으면 너무 심심하다.

사와키구치는 사토시에게 씩 웃어 보였다.

"그러니 이쯤에서 대본 문제를 해결해야지. 내 가설을 듣기 전에 질문 있으면 들어 줄게. 뭐든 팍팍 물어봐."

팍팍 물어보라고 한들. 어찌나 기운이 넘치는지 저절로 꽁무니를 빼게 된다. 그러나 지탄다는 아랑곳하지 않았다.

"그럼 여쭤 볼게요. 선배는 학급 참가의 방향성을 결정하는 데 관여하셨다죠?"

사와키구치는 의아한 표정을 지었다.

"응, 뭐, 관여한 게 맞긴 맞지."

"비디오카메라 영화를 찍기로 한 것도, 내용을 미스터리로 정한 것도, 대본을 혼고 선배한테 맡기는 것도요?"

"그래."

지탄다가 몸을 책상 위로 내밀었다.

"어떤 경위로 그렇게 결정됐는지 가르쳐 주세요."

대체 뭘 묻는 건가? 본론과 전혀 무관하지 않나. 안색도 말투도 이상하지 않고 겉으로는 멀쩡해 보이는데 제대로 사고를 못 하는 건가. 나는 나지막이 나무랐다.

"지탄다, 쓸데없는 걸 묻지 마라."

그러자 지탄다는 머리만 빙글 돌려 "하지만 신경 쓰여요" 하고는 다시 사와키구치를 돌아보았다. 방법이 없다. 사와키구치가 기분 상한 눈치가 없으니 그나마 다행이다. 사와키구치는 웃으며 손을 내저었다.

"관여한 걸로 말하자면 거의 모든 결정에 프로젝트에 참가한 전원이 관여했는걸. 비유가 아니라 정말로."

뜻밖의 말에 사토시가 질문했다.

"그게 무슨 뜻이죠?"

"별거 아냐. 집단 구성원의 수가 적을 때는 직접 민주주의도 유효하다는 것뿐."

"……요컨대 전부 설문 조사로 결정했다는 건가요?"

"너 제법 이해가 빠르다?"

사와키구치는 사토시의 어깨를 탁 쳤다.

"수는 정의, 최대 다수의 최대 행복이 나의 이상인 거지. 토론도 없진 않았지만 대부분은 설문 조사로 결정했어."

그래서는 납득할 수 없는 사람도 많지 않았을까 싶었으나, 생각해 보면 이리스도 말하지 않았던가, 2학년 F반의 기획은 완성하는 게 목표라고. 그들은 뭔가를 해내기만 하면 되니 뭐든 상관없었을 것이다. 전부 설문 조사로 정한다는 것은 나름대로 합리적인 방법이었을지 모른다.

지탄다가 재차 확인했다.

"저, 혼고 선배가 대본을 쓰시는 것도 그런 거죠?"

사와키구치는 잠시 기억을 더듬는 듯하더니 쓴웃음을 지었다.

"아, 그건 아니었어. 그런 일이 가능한 사람은 혼고밖에 없었거든. 신임 투표를 할 필요도 없었어."

"그럼 혼고 선배가 입후보하셨어요?"

"아니, 추천. 말을 꺼낸 게 누구였더라? 거기까지는 기억 안 나네."

그 말을 들은 지탄다가 슬픈 표정으로 미간을 찡그린 것처럼 보였다. 이유는 모르겠다. 이 문제에 대해 지탄다가 어떤 감정을 갖고 있는지 나는 전혀 알 수 없었다.

사와키구치가 퍼뜩 뭔가가 생각난 양 발치에서 뭔가를 집어 들었다. 승려들이 드는 것 같은 자루 모양의 헐렁한 헝겊 가방이다. 사토시도 그렇고, 사와키구치도 그렇고, 괴짜는 들고 다니는 물건도 특이하다.

"왜, 우리 의사 결정 과정에 관심 있어? 그럼……."

사와키구치는 가방 속에 손을 넣더니 대학 노트 한 권을 꺼냈다.

"도움이 될지는 모르겠지만 갖고 가도 돼."

사와키구치가 책상에 놓은 공책을 지탄다가 펴 보았다. 숫자와 글자의 나열에 처음에는 내용을 알 수 없었다.

No. 4 무엇을 할 것인가?

. 그림 전시회……1

. 연극……5

. 도깨비 집……8

. 비디오카메라 영화……10

비디오카메라 영화로 결정

No. 5 어떤 영화를 만들 것인가?

. 대하 사극······1

. 부조리 개그······8

. 슬랩스틱······3

. 미스터리······9

. 하드보일드 액션······2

. 기권······1

미스터리로 결정

페이지를 더 넘겼다. 꽤 상세한 것까지 적혀 있다.

No. 31 흉기는 무엇으로 할 것인가?

. 칼(자살刺殺)······10

. 망치(박살)······3

. 로프(교살)······8

. 기타

기름을 끼얹어 불을 붙임······1

높은 데서 떨어뜨림……2

칼을 추천(단 최종 선택 여부는 혼고에게 일임)

No. 32 사망자 수는 몇 명인가?

. 1명……6

. 2명……10

. 3명……3

. 그 이상

　4명……1

　전멸……2

　100명쯤……1

. 무효표……1

2명을 추천(단 최종 선택 여부는 혼고에게 일임)

보다 보니 알겠다. 설문 조사 결과 집계다. 나와 전후해서 공책의 정체를 깨달은 이바라가 눈을 올려 뜨고 사와키구치를 보았다.

"이거 빌려 가도 될까요? 중요한 물건 같은데요."

"괜찮아. 어차피 이미 결정된 것들뿐이니까."

빌려 가도 되는지 안 되는지 이전에 이런 것을 빌려 간들 무슨 소용이 있다고. 이게 내 솔직한 감상이었다. 우리는 이리스에게 추리가 맞는지 아닌지 판단해 달라는 의뢰를 받은 것이니, 비디오 영화 제작 과정 따위 순수하게 아무래도 상관없다. 지탄다는 대체 무슨 생각인지…… 그게 오히려 수수께끼다.

단순히 취한 것뿐인지도 모르지만.

지탄다는 공책을 덮어 소중하게 앞으로 끌어당겼다. 그러더니 또 질문했다.

"꽉꽉 질문하라고 하셨으니까 하나 더 꽉꽉 질문드리고 싶은데요."

"그래."

"선배는 혼고 선배와 친하셨나요?"

어디서 들은 말인데 싶었더니, 에바에게도 같은 질문을 하지 않았던가? 사와키구치는 약간 난처한 표정으로 대답했다.

"음, 그냥 같은 반인 정도?"

지금까지의 경위로 혼고 마유의 사람됨을 어렴풋하게나마 알 수 있었다. 적어도 눈앞에 있는, 사토시가 말하는 특이한 사람과 죽이 맞지 않으리라는 것은 상상하기 어렵지 않았다.

지탄다는 노골적으로 유감이라는 듯 시선을 떨어뜨렸다.

"그래요…….."

"질문은 그게 다야?"

사와키구치가 지탄다에게, 그리고 우리에게 물었다. 나는 특별히 물어볼 게 없었고, 다른 녀석들도 그런 것 같다. 그것을 보더니 여기서부터 본론이라는 양 사와키구치가 몸을 약간 내밀었다.

"좋아, 그럼 내 가설을 들려주지. 듣고 나서 안 된다고 하면…… 알지?"

사와키구치는 장난스레 웃었다.

"범인 찾기라지만 난 그게 정말 범인 찾기인지 의심스럽단 말이지."

사와키구치는 그렇게 말하고는 자못 재미있다는 표정으로 우리를 둘러보았다. 우리는 그 말을 듣고, 아마도 사와키구치의 의도대로, 당황했다.

이바라가 물었다.

"……그게 무슨 말씀이세요?"

"그렇잖아, 축제를 위한 기획이라고. 역시 화끈한 게 좋잖아? 한 명만 죽고 끝나다니 그런 건 아니지.

멍텅구리 같은 하바는 '본격 추리다!'라느니 뭐니 시끄럽게 떠들어 대지만, 미스터리라고 하면 난 전혀 다른 게 상상되거든. 혼고도 그랬던 거야. 그러니까 그 비디오는 그다음부터가 본편이라고 생각해."

전혀 다른 것.

그게 뭐냐고 누가 묻기 전에 사와키구치 쪽에서 물었다.

"거기 너."

나다.

"넌 미스터리라고 하면 어떤 걸 상상해?"

별안간 물으면 곤란한데. 내가 생각하는 대표적 미스터리라. 맨 먼저 생각난 책 제목은 말해 봤자 사와키구치에게 통하지 않을 것 같아서 무난하게 유명한 작품을 들었다.

"『오리엔트 특급 살인』일까요."

그러나 이 대답도 사와키구치의 마음에 들지 않았던 모양이다. 그녀는 불끈한 표정으로 눈살을 찌푸렸다.

"마니악하네."

나도 모르게 대꾸하고 말았다.

"지명도는 톱클래스일 것 같은데요."

그러자 사와키구치는 쯧쯧쯧 하며 검지를 좌우로 흔들었다.

"그러니까, 거기서 '추리 소설'이 나오는 게 마니악한 거라니까. 자각이 없니? 비디오 대여점에 들어가서 '미스터리'를 찾으면 맨 먼저 뭐가 나올 것 같아?"

나는 사와키구치가 하려는 말이 무엇인지 알 수 없었다. 양옆을 돌아보아도 아무도 모르는 듯했다.

사와키구치는 짜증스럽게 목소리를 높였다.

"설문에서 미스터리가 1위가 됐을 때 추리물을 생각한 사람은 아무도 없었다는 이야기야. 대체 왜 모르는 거지? 미스터리 하면 〈13일의 금요일〉이라든지 〈나이트메어〉 같은 게 제일 먼저 떠오르는 게 보통 아냐?"

그렇구나, 그게 보통이구나, 내가 잘못했다, 미안.

……그게 아니잖아!

아무리 그래도 그건 미스터리가 아니지 않나. 사와키구치가 거론한 작품들 둘 다 괴인이 무고한 사람들을 닥치는 대로 죽이는 이야기, 즉 호러다. 미스터리가 아니다.

그런데 뜻밖에도 사와키구치의 주장에 동의하는 녀석이 있었다. 사토시다. 사토시는 자못 감탄한 양 연신 고개를 끄덕였다.

"아아, 그건 맹점이네요."

또 농담이냐. 농담도 때와 장소를 가려 해 주면 좋겠다. 나는 사토시의 농담을 중단시킬 만한 말을 했다.

〈Bloody Beast〉

"어이, 사토시, 설마 본심은 아니겠지?"

이렇게 말하면 '농담은 그 자리에서 끝내는 게 제일이다, 화근을 남기면 거짓말이 된다'가 좌우명인 사토시는 농담을 농담이라고 보증한다. 그렇기에 사토시가 이렇게 되물었을 때는 놀랐다.

"왜?"

그럼 본심이라고?

"넌 정말 〈13일의 금요일〉을 미스터리로 분류하냐?"

"난 안 해. 하지만 미스터리라 해도 이상할 건 없지."

이바라가 사토시 옆에서 물었다.

"후쿠, 제대로 설명해 봐."

사토시는 고개를 끄덕이고 헛기침을 한 뒤 대답했다.

"응. 문제는 미스터리란 말의 편리함이야. 아닌 게 아니라 미스터리란 말은 탐정 소설이라든지, 뭐, 어떻게 부르건 좌우 지간 범인과 탐정의 이야기를 가리켜. 하지만 다른 한편으로 서스펜스 전반을 내포할 때도 있거든. 경우에 따라선 〈13일 의 금요일〉…… 호러도 포함돼."

이바라는 납득할 수 없다는 얼굴이었다. 사토시가 살짝 표 정을 누그러뜨렸다.

"마야카, 서점엔 자주 가?"

"자주 간다고 할 정도는 아닌데."

"제목에 미스터리란 말이 든 잡지를 봐 봐. 만화 잡지면 더 좋고. 내가 무슨 말을 하는지 알 수 있을 거야. 아니면 '여름 맞이 미스터리 이벤트' 같은 것의 목록을 봐도 되고. 탐정 소설만 미스터리라고 불리는 게 아니라는 걸 알 수 있을걸."

흠.

이바라와 마찬가지로 나도 납득은 할 수 없었다. 그러나 사토시가 무슨 말을 하려는지는 이해했다. 아닌 게 아니라 미디어에서 '미스터리'라는 말을 쓸 때 피가 뚝뚝 떨어지는 듯한 서체로 씌어 있을 때가 많다. 추리 소설은 기본적으로 유혈 참사를 보여 주는 게 다가 아니라고 생각한다. 그렇다면 피투성이 서체는 추리 소설만을 의도하는 게 아니라는 의견도 타당할 것이다. 하지만 그렇다고 그런 견해가 보통이라고 생각되지는 않았다. 사와키구치 미사키, 사고방식이 상당히 독창적이다.

문제는 그게 이번 이야기에 어떻게 결부되느냐 하는 것이다. 사토시의 도움에 힘을 얻은 사와키구치는 가슴을 펴고 말했다.

"그래, 그런 이야기야. 그러고 보니 너희는 추리 소설을 잘 안다며? 그래서 감각이 어긋나는 거야. 어쨌든 비디오가 그 뒤 어떻게 이어질지 이제 알겠지? 도대체가 가이토가 죽은 그 방엔 아무도 들어갈 수 없었잖아? 그럼 당연히 일곱 번째 사람이 있었을 거 아냐? 게다가 혼고는 그 여섯 명 외에 또 한 명 영화에 출연할 수 있는 사람이 없는지 여기저기 타진했다고."

그 말은 처음 듣는다. 사와키구치의 결론은 설마……. 설마 그것만은 아니겠지 싶은 결론을 사와키구치는 즐거운 어조로 말했다.

"의심에 빠져 서로가 서로를 믿을 수 없게 됐을 때 드디어 괴인 등장이야. 몇 명이나 죽일 예정이었는지 그것까지는 알 수 없지만, 전멸은 아마 곤란할걸. 그러니까 커플 한 쌍만 남겨 놓고 나머지는 쓱싹 해치우면 되지 않을까. 마지막 장면은 커플이 괴인을 쓰러뜨리고 아침 해를 배경으로 키스. 제목도 그쪽 방면으로 폼 좀 잡아서…… 영어가 좋겠지…… 그래, 〈Bloody Beast〉가 어떨까. 오히려 폼이 안 나려나."

속으로 '아무리'를 되풀이했으나, 사와키구치는 농담을 하는 것 같지 않았다. 농담은커녕 "이럼 다들 납득하겠지?" 같은 말까지 덧붙이는 지경이다. 정말 정답은 호러에 있다고 생각하는 것 같다. 자신의 가치관이 보편적이라고 철석같이 믿는 나머지 도무지 다른 견해를 받아들일 성싶지 않았다.

이바라가 당혹을 감추지 못한 채 반론했다.

"하, 하지만 선배, 밀실은 어떻게 되죠? 문이 잠겨 있었는데요."

사와키구치는 선뜻 대답했다.

"아무래도 상관없잖아, 밀실 같은 거."

"……!"

"명색이 괴인인데 벽쯤은 통과할 수 있어야지. 그게 아니면, 그래, 원령이야. 응, 그게 더 맞을 것 같다. 오컬트도 나쁘지 않겠네."

그, 그렇군.

이 얼마나 흠잡을 데 없는 해답인가. 나는 일종의 감동마저 받았다. 지난 나흘간 우리를 번거롭게 했던 문제, 그중에서도 특히 밀실 문제가 이렇게 간단히 풀릴 줄이야. '아무래도 상관없잖아, 밀실 같은 거.' 명언이다.

이바라와 지탄다, 사토시가 아직 뭐라 말하는 것 같았지만, 내 귀에는 이미 들리지 않았다. 사와키구치 안의 완벽함에 혼이 나갔기 때문이다.

아무래도 상관없잖아, 밀실 같은 거!

지학 교실.

사와키구치 안을 맨 먼저 반대하고 나선 사람은 지탄다였다.

"아니에요. 절대 그건 아니에요. 사와키구치 선배의 설은 절대로 혼고 선배의 진의가 아니에요!"

"그럼 당연하지. 그 선배, 진심으로 한 말일까? 어디서부터가 농담인지 알 수 없었어."

이바라도 그런 말로 지탄다에게 동의했다.

두 사람이 너무나도 단호하게 사와키구치 안을 퇴짜 놓으니 장난기가 발동했는지 사토시가 부추겼다.

"그럼 부정해 봐."

그러고는 다정하게 웃으며 덧붙였다.

"논리적으로."

하여간 사토시는 가끔 심술궂을 때가 있다. 이바라는 입을 다물었다. 그야 그럴 것이다. 사와키구치 안은 말하자면 해결을 포기한 셈이다. 밀실, 알리바이, 흉기 문제. 어느 것이나 '범인은 악령이었으므로 초자연적 힘으로 해결했습니다'로 증명 종료다. 참으로 아름답다.

그러나 지탄다는 이 절망적인 완벽함에 굴하지 않았다.

"그래도 아니에요."

"그러니까 논리적으로."

"아니에요, 그건 아니에요. 그게…… 아!"

뭐지? 뭐 생각났나?

아니었다. 지탄다는 별안간 휘청하더니 흐리멍덩한 눈으로 엉뚱한 방향을 쳐다보며 중얼거렸다.

"만화경 같아요."

만화경?

그러고 보니 지탄다의 얼굴이 하얗다. 지탄다는 원래 얼굴이 희기는 해도 어쩨 심상치 않다. 괜찮으냐고 물으려 했으나 결국 못 했다.

지탄다는 상체를 좌우로 흔들거리더니 가까운 책상 위에 풀썩 엎어지고 말았다.

"어머나, 지이!"

이바라가 다가와 일으키려 했으나 소용없었다. 이내 조그맣게 새근새근 소리가 들려왔다. 곯아떨어진 것이다. 자는 얼굴을 보는 것은 좋은 취미가 아니리라. 그나저나 아무리 센 술이라지만 겨우 위스키 봉봉 일곱 개 먹고 곯아떨어지기도 하나. 어쨌든 자게 두자.

사토시와 눈이 마주치자 녀석은 어깨를 으쓱했다. 지금은 눈을 감은 지탄다의 원수를 갚아 주려는 것은 아니지만, 나는 말했다.

"그럼 사토시, 넌 어때? 사와키구치 안을 받아들일 생각이냐?"

사토시는 미소를 지은 채 천천히 고개를 가로저었다.

"그 대담함이랑 발상의 전환이 마음에 든 건 사실이지만, 실제로 그랬다고 믿기는 힘들지. 뭐, 부정할 근거도 없지만."

그래, 사토시도 반대 의견인가.

나는 웃었다.

"그건 유감이군. 나도 마음에 들었거든."

"그럴 거야. 모든 문제를 단번에 해결하는 명안이니 말이야. 일망타진이랄지 일기가성이랄지, 아무튼 호타로 네가 마음에 들어 할 만도 해."

"음, 뭐. 모순이 없진 않지만."

무의식중에 재미 삼아 가볍게 한 말이 이바라의 주의를 끌었다.

"어? 그걸 부정할 수 있단 말이야?"

모순이라고 할지, 뭐라고 할지. 오래 걸리지는 않을 테니 이야기할까.

"어제 하바가 한 이야기를 떠올리면 사와키구치 안이 정답이 아니라는 걸 알 수 있어. 별 대단한 건 아니고.

아무리 혼고가 대본을 쓰던 도중에 쓰러졌다지만, 후반에 오컬트 스플래터 호러를 생각했다면 그에 필요한 소도구를 준비하라는 지시는 미리 했을 거다. 그런데 실제로는 어땠지? 가장 필요할 게 준비되어 있지 않잖냐."

"가장 필요한 거?"

이바라가 의아스레 중얼거렸다. 사토시도 고개를 갸웃했다.

"그 왜, 하바가 투덜거렸던 그거 말이다."

그 힌트만으로 이바라는 알아차린 모양이다. 아아, 하며 나와 시선을 맞추었다.

"알았어. 피구나."

"그래. 혼고가 준비하라고 지시한 피는 가이토 하나도 충분히 죽일 수 없을 정도로 양이 적었어. 하바는 혼고가 오락가락했는지도 모른다고 했지만, 아무리 그래도 살인 장면을 잔뜩 등장시킬 생각이면 그런 지시는 내리지 않을 거다. 그러니 혼고는 대량 살인을 자행할 생각은 없었다는 뜻이야. 피만이 아냐. 흉기도, 특수 분장도 아무것도 준비되지 않았다고. 그런데 설마 호러일 리 있겠냐? 사와키구치 자신도 말했지만……."

사토시가 이어받았다.

"사망자가 한 명인 호러는 너무 심심하지."

나는 고개를 끄덕였다.

사와키구치는 나름대로 진지하게 생각한 것인지도 모른

다. 다소 독선이 지나쳐 옆에서 보면 장난치는 것처럼 보였다 해도. 그녀의 예상이 일단 조리가 선다는 점에서도 그런 말을 할 수 있으리라. 그러나 사와키구치는 홍보 팀이 일을 시작하지 못한 탓에 다른 팀의 작업 상황을 알 수 없었다. 그 때문에 실수를 저지른 것이다.

이바라가 어째선지 재미없다는 듯 중얼거렸다.

"흠, 뭐든 이유가 붙는구나."

심오한 진리다. 나는 그렇게 생각한다.

사토시도, 이바라도 반론하지 않았다. 사와키구치 설은, 뭐, 생각하면 마땅한 일이지만, 매장되었다. 이로써 세 탐정 지원자의 의견은 전부 퇴짜 맞은 셈이 된다.

들리는 것은 새근새근 숨소리. 지탄다가 깰 기미는 아직 보이지 않았다.

5
맛이죠

사와키구치와의 회견이 끝난 뒤 우리는 에바가 올 줄 알았는데, 기다려도 그녀는 오지 않았다. 사와키구치 안의 채택 여부를 모르면 그쪽도 곤란할 텐데 무슨 생각일까. 아무튼 날도 저물어 그토록 활기 넘치는 가미 고 학생들도 하나둘 집으로 돌아가기 시작한 터라, 우리도 그만 가기로 했다. 지탄다는 이리스와 안면이 있으니 연락은 어떻게든 되리라.

잠에서 깨어난 지탄다는 자신이 술에 취해 잤다는 것을 깨닫고 얼굴을 새빨갛게 붉히며 창피해했지만, 실제로는 아직 완전히 술이 깨지 않은 게 아닐까. 현관으로 가는 길에 이따금 불현듯 휘청했다. 집까지 무사히 갈 수 있을지 걱정된다.

지탄다와 이바라가 먼저 밖으로 나갔다. 나는 사토시와 도중까지 가는 길이 같다. 교문을 나설 즈음 사토시는 끈 달린 주머니를 흔들거리며 나지막이 중얼거렸다.

"결국 전부 퇴짜 났네. 그 영화, 이제 어떻게 될까."

잘 알면서. 지난 사흘간 정답에 이르는 경로는 발견되지 않았다.

그렇다면 완성될 수 없다.

그렇게 대답하자 사토시는 미소를 띤 채 눈살을 살짝 찌푸렸다.

"어째 허무하네. '무사들의 꿈의 자취'인가. 아니, '나니와의 영화도 꿈속의 꿈'일까? 지탄다가 깨어 있었으면 한바탕 난리가 났을 거야."

"넌 어때?"

"나? 난 이래 봬도 바쁜 몸이라고. 다른 반 일로 괜히 신경 쓰진 않아."

띄엄띄엄 집으로 돌아가는 학생들 틈에 섞여 길을 걸었다. 하늘은 석양빛, 막바지 더위도 고비를 넘어 바람이 시원하다기보다 다소 차다. 여름이 지나려 하고 있었다.

첫 교차로에서 사토시는 평소와는 다른 방향을 가리키더니 "난 이쪽에 볼일이 있어서. 그럼" 하고는 가 버렸다.

혼자 어슬렁어슬렁 집으로 향했다.

그래. 영화는 분명 완성되지 못하리라. 나는 지난 나흘 동안 만난 2학년 F반 사람들을 돌이켜보았다.

완성에 대한 열의만을 무기로 수수께끼 풀이라는 익숙지 못한 일에 도전한 나카조.

자신은 미스터리를 잘 안다는 자부와 자신감으로 정답을 발견했다고 확신한 하바.

이렇게 되는 게 당연하다는 독선 탓에 결국 보편성을 얻지 못한 사와키구치.

그들은 모두 나름대로 최선을 다했다. 경솔함과 오만함, 부주의함은 있었을지언정 자신들의 프로젝트를 완성하고 싶다는 마음은 진심이었으리라. 그러나 우리는 심판을 부탁받고 그들의 안을 모조리 퇴짜 놓았다. 그것들이 틀렸기 때문이다.

어쩔 수 없다. 딱하기는 하지만 우리 잘못은 아니다. 기분이 찝찝한 것은 사실이지만 나는 강 건너 불까지 책임질 정도로 호인이 아니다. 그러니까 처음에 말하지 않았나. 이런 일에 연관되고 싶지 않다고.

인적 없는 주택가로 접어들었다. 이제 곧 우리 집이 보일 것이다. 가서 잠이나 자자. 사토시 말이 맞다. 내가 다른 반

일로 고민해 줄 이유가 없다. 영화가 미완성으로 끝나는 책임은 전적으로 스태프의 무계획성에 있다. 흘러내리는 책가방을 고쳐 메고 하늘을 올려다보며 기지개를 켰다.

시선을 앞으로 돌린 나는 나를 기다리는 사람이 있음을 깨달았다.

길옆, '멈춤'이라고 쓰인 도로 표지판 밑에 교복을 입은 이리스 후유미가 있었다. 이리스는 내가 자신을 봤음을 알자 몇 발짝 다가와 말했다.

"차 마실 동안이면 되니까 잠깐 시간 좀 내주겠어?"

이상하게도 순순히 고개를 끄덕일 수 있었다.

이리스를 따라 낯선 길을 지나자 좁은 강변길이 나왔다. 이런 곳에 찻집이 있나 생각하고 있으려니 눈에 잘 띄지 않게 걸린 팥죽색 포렴과 전기 초롱이 보였다. 얼핏 보기에도 세련된 분위기는, 고등학생이 하굣길에 들를 가게 같지 않았다. 그러나 이리스는 어려워하는 눈치도 없이 포렴을 지나 미닫이문을 열었다. 주저하는 나를 돌아보고 손짓한다. 가게로 들어서는데, 포렴 구석에 작은 글씨로 기품 있게 '히후미'라고 상호가 쓰인 것이 보였다.

다다미의 골풀과 볶은 찻잎 향기가 감도는 점잖은 찻집이었다. 카운터는 없이 모두 칸막이 좌석, 물론 다다미 바닥이다. 이리스는 교복 치맛자락을 가다듬고 품위 있게 정좌하고는, 바로 다가온 앞치마 차림의 웨이트리스에게 말차를 주문했다.

"넌 뭐로 할래?"

"……."

"왜?"

"아뇨, 차 마시자는 게 정말 차일 줄 몰랐거든요. 저, 그럼 옥로차 냉침 마실게요."

메뉴판 맨 위에 있는 것을 적당히 주문하자 이리스는 쓴웃음을 지었다.

"계산은 내가 할 생각이긴 하지만 정말 사양을 안 하는구나. 아니, 물론 괜찮아."

그 말을 듣고 메뉴판을 다시 본 나는 놀랐다. 어지간한 저녁식사보다 비싸다.

이리스가 나를 데려온 이유는 명백했으나 저쪽에서 아무 말도 하지 않고 침묵을 지키는 터라, 나는 불편한 기분으로 몇 번씩 컵을 들어 물을 마셨다. 이리스는 침착하게 기다렸다.

이내 말차와 옥로차 냉침, 그리고 각각에 따라 나오는 다과가 탁자에 정연히 놓였다. 이리스는 말차를 한 모금 마시고는 그제야 말을 꺼냈다.

"나카조는 안 되겠던?"

나는 고개를 끄덕였다.

"하바도?"

"네."

한 박자 쉬었다.

"그럼 사와키구치는 어땠지?"

이건 우리 잘못이 아닌데.

"……무리라고 생각합니다."

이리스는 내 눈을 뚫어지게 보았다. 그 시간이 무척 길었다. 일 초의 절반쯤 되는 긴 시간 동안 나는 이리스의 시선을 받으며 꼼짝도 하지 못했다.

이리스는 숨을 내쉬었다.

"그래."

"유감이지만요."

그렇게 대답하고 옥로차 냉침을 마셨다. 가격에 걸맞게 이제껏 경험해 본 적이 없을 만큼 맛있었다고 할 수 있으면 좋겠지만, 실제로는 맛 따위 느껴지지 않았다. 이리스는 별반 나를 책망하는 게 아니거니와 말투가 거친 것도 아닌데. 아무래도 궁합이 잘 맞지 않는 것 같다.

이리스는 찻종 속으로 시선을 떨어뜨리고는 입꼬리를 살짝 올렸다.

"유감이라는 말은 이상한걸. 유감인 건 나와 내 친구들이지, 네가 아닐 텐데."

듣고 보니 그 말이 맞다. 이리스가 한 말이 지난 사흘간의 내 기본 자세였을 텐데. 자연스레 유감이라는 말이 나온 이유가 뭘까.

이유에 생각이 미치기 전에 대답했다.

"아뇨, 유감입니다. 완성될 수 있었으면 좋았을 거라고 생각합니다."

이리스는 조금 전보다 훨씬 부드럽게 미소를 지었다.

"동정을 받을 줄이야."

"분명 감정 이입일 겁니다."

차에 딸려 나온 모나카를 이쑤시개로 찍어 혀 위에 얹었다. 단맛이 매우 강렬했다. 입가심으로 옥로차를 마시자 단맛이 금세 스르르 사라졌다.

이리스가 조금 온화하게 물었다.

"물어봐도 될까. 나카조의 안을 부정한 사람은 누구지?"

어떻게 대답할지 망설였다. 그러나 이리스의 표정을 보면 그녀가 이미 알고 있다는 것은 명백했다. 그렇다면 감춰 봤자

의미가 없다.

"……접니다."

"그럼 하바도, 사와키구치도?"

"네."

"뭐가 문제였지?"

나는 질문에 순순히 대답했다. 여름풀에 대한 고찰, 다른 멤버들의 시선, 제1밀실, 제2밀실, 자일을 사용한 창문으로의 침입, 심하게 뻑뻑한 창문, 미스터리라는 말의 광범위한 의미, 혼고의 지시. 나는 지난 사흘간의 요점을 담담히 이야기하고, 이리스는 잠자코 들었다. 이따금 말차를 마시는 표정에서 그녀가 대체 어떤 생각을 하며 이야기를 듣고 있는지 읽어 낼 수 없었다.

"……그래서 사와키구치 선배의 안도 채택할 수 없다고 생각했습니다."

마지막으로 그렇게 말하고 반쯤 남은 차를 다 마셨다. 이리스는 그래, 라고만 답하고 또 한동안 입을 열지 않았다.

이윽고 이리스는 찻종을 손으로 잡은 채 말했다.

"넌 처음 내가 그 사건을 해결해 달라고 했을 때 묘한 기대를 하면 곤란하다고 했지. 하지만 지난 사흘간 넌 내가 기대했던 이상의 일을 해 줬어. 넌 세 사람의 안을 모조리 매장했어. 내가 내심 그렇게 되지 않을까 생각했던 대로."

그렇게 되지 않을까 생각했다고? 아무도 정답을 제시하지 못할 것이라 생각했다고?

눈빛이 날카로워지는 것을 자각했지만, 이리스는 동요하는 기색이 조금도 없었다. 시선을 맞받아치지도 않고, 피하지도 않고 어디까지나 자연스럽게 말을 이었다.

"그 애들은 결국 그럴 그릇이 못 돼. 얼마만큼 열심히 애써준다 해도 그 문제를 푸는 데 필요한 기술이 그 애들한테 없다는 건 처음부터 알고 있었어.

물론 그 애들이 무능하다는 말은 아니야. 나카조는 견인차로서, 하바는 야당으로서, 사와키구치는 어릿광대로서 각각 귀중한 재능을 갖고 있어. 유능한 애들이지만 그렇다고 이번 난국에 도움이 되지는 않을 거라고 생각했어.

만약 네가 없었다면, 우리는 그 애들의 안 중 어느 하나를 채택해 그를 바탕으로 실제 촬영을 하려다가 문제점을 발견해서 결국 최악의 형태로 기획이 실패했겠지."

냉철했다. 비정할 정도로.

이리스는 정말로 그들 중 누구에게도 기대를 걸지 않았던 것이다.

그렇다면 그녀가 정말 기대를 건 사람은 누구인가?

이리스는 찻종에서 손을 떼고 자세를 바로 했다. 똑바로 바라보는 시선 끝에는 물론 나밖에 없다. 이리스는 나를 꼼짝 못하게 붙드는 게 아니다. 때려눕히는 것이다. 문득 그런 생각이 들었다.

"난 네가 지난 사흘간 너 자신의 기술을 증명했다고 생각해. 만약 탐정이 비평가라면, 다른 탐정의 결과물을 완벽하게 비평한 넌 탐정 역할을 맡는 게 가능할 거라고 봐. 난 내 기대가 틀린 게 아니었다는 걸 확신해. 넌 특별해.

그러니 한 번 더 부탁하자. 오레키, 2학년 F반을 도와줘. 그 영화의 정답을 찾아내 줘."

말을 마치고 한 박자 뒤 이리스는 머리를 숙였다.

나는 그것을, 망가뜨리면 인생이 끝장날 만큼 값비싼 미술품을 보는 듯한 눈으로 바라보았다. 온갖 생각이 머릿속에 소용돌이쳤다. 내 기술, 그들이 아닌 내 기술. 특별하다고. 의지할 사람이 나뿐이라고 한다.

그러나 그 말을 믿어도 되는 걸까. 오랫동안 나는 내가 아무런 힘도 없는 보통 사람이라고 생각하며 살아왔다. 지탄다가 가져온 성가신 일을 사토시나 다른 녀석들보다 먼저 해결하기는 했어도 그것은 운이었다고. 본질적으로 그 녀석들과 다를 바가 없다고. 그런데 이리스는 그렇지 않다고 말한다.

그 말은 거의 협박이나 다름없는 힘으로 나를 뒤흔들었다.

기술이라. 이리스가 장담한들, 나 자신은 그런 것의 존재를 단 한 순간도 믿어 본 적이 없는데.

대답하지 못하는 나를 참을성 있게 기다려 주던 이리스가 결국 표정을 누그러뜨렸다.

"너한테 책임을 지우겠다는 뜻은 아닌데 말이지. ……답답하네."

"…….."

"그럼 하나만 이야기할까. 어렵게 생각할 것 없어. 재미로 하는 말이라고 생각하고 들어 줘.

어느 스포츠 팀에 후보 선수가 있었어. 후보 선수는 주전이 되려고 노력했어. 뼈를 깎는 노력이었지. 어째서 그걸 견딜 수 있었나. 그녀는 그 스포츠를 사랑했고, 또 조금이나마 이름을 떨치고 싶다는 야망도 있었기 때문이야.

하지만 몇 년이 지나도록 그 후보 선수가 주전이 되는 일은 없었어. 그 팀엔 유능한 인재가, 그 후보 선수보다 훨씬 유능한 인재가 많았으니까. 단순히 말이지.

그중에서도 특히 유능한, 천부적 재능을 가진 선수가 있었어. 그녀는 다른 멤버들과는 완전히 차원이 다른 존재였어. 물론 후보 선수의 기량하곤 하늘과 땅만큼 차이가 있었지. 그

녀는 한 대회에서 매우 뛰어난 활약을 벌였어. 대회 MVP로
도 뽑혔어. 인터뷰어가 그녀한테 물었어. 활약이 참 대단했
는데요, 비결이 뭔지요? 그녀는 대답했어.

그냥 운이 좋았을 뿐이에요.

후보 선수한테는 이 대답이 너무나도 가혹한 말로 들렸을
것 같은데, 어떻게 생각해?"

이리스는 또다시 나를 똑바로 바라보았다. 목이 말랐지만
차는 이미 다 마셔 없다. 물이 조금 남은 컵에 손을 뻗었다.

그때 이리스는 나지막이 말했다. 늘 두르고 있던 여제의
옷을 무심코 벗은 것처럼. 내게 한 말은 아니겠지만…… 그
말은 내 귀에 이렇게 들렸다.

"누구나 자기 자신을 자각해야 해. 안 그러면…… 보고 있
는 쪽이 바보 같아져."

목을 넘어가는 찬물이 선뜩했다.

나는 열등감에 시달리는 것은 아니다. 자신을 객관적으로
평가하려는 것뿐이다.

그러나 이리스는 큰 소리로 몇 번이고 거듭해서 이렇게 주
장한다. 내 자기 평가는 틀렸다고. 그리고 보면 그렇게 말한
사람은 이리스만이 아니다. 사토시도, 지탄다도, 하다못해
이바라조차 비슷한 말을 내게 한 적이 있다. 나는 그들보다

객관적으로 나를 평가하고 있을까.

게다가 생각해 보면 나 스스로도 나카조나 하바, 사와키구치에 비해 내가 훨씬 능력이 있다고 생각하지 않았나.

……믿어 볼까.

그래 볼 가치는 있지 않을까.

내 생각은 서서히 그쪽으로 기울기 시작했다. 그러나 내가 그 말을 하기까지는 약간 시간이 걸렸다. 그동안 이리스는 그 이상 아무 말도 않고 나를 기다렸다.

6
〈만인의 사각〉

이튿날 아침. 나는 책가방에 비디오테이프가 들었는지 확인하고 집을 나섰다.

어제 찻집 히후미에서 내 나름의 검토를 해 보겠다고 약속한 뒤, 이리스는 용의주도하게도 미리 준비해 온 비디오테이프를 내게 주고 이렇게 말했다.

"시간이 별로 없어. 내일 1시에 네가 정하는 장소로 갈 테니까 거기서 결론을 말해 주면 좋겠어."

우리 집이나 내 단골 찻집 파인애플 샌드를 약속 장소로 정할까 생각했으나, 잠시 생각한 끝에 지학 교실에서 만나자고 했다.

나는 지금 지학 교실로 가는 길이다. 시각은 아직 10시가 조금 못 됐다. 주택가를 빠져나와 시가지를 가로지른다. 차와 사람, 자전거와 스쳐 지나가는 십오 분 동안 나는 아무 생각도 하지 않았다. 그저 내가 좋아하는 포크송을 머릿속으로 재생하며 막연히 걸음을 옮길 뿐. 비디오의 세부는 지난 사흘 사이에 상당 부분 머릿속에서 사라졌다. 지금 그에 대해 생각하는 것은 비효율적이다.

상가 점포들 사이로 가미야마 고등학교가 얼핏 보였다. 뒤에서 누가 불렀다.

"오, 호타로."

좁은 동네. 돌아보니 사토시였다. 가미야마 고등학교 표준 하복을 입고, 산악용 자전거에서 내려 끈 달린 주머니를 손에 들고 웃고 있다. 나는 가볍게 손을 드는 것으로 인사를 대신했다.

"오늘도 학교?"

고개를 끄덕이자 사토시의 눈썹이 꿈틀했다.

"웬일이야, 네가 휴일에 자발적으로 학교에 가다니? 뭐 볼일이라도 있어?"

"난 볼일이 없으면 학교에 가면 안 되냐?"

"아니? 그냥 너답지 않다는 거지. 뭔가 있는 게 틀림없어."

나는 입을 다물었다. 지금껏 생각해 본 적도 없는데, 어쩌면 일관되게 에너지 절약을 지향하는 내 행동 패턴은, 호기심이 행동의 기반이 되는 지탄다와 마찬가지로 뻔한지도 모른다.

구태여 감출 이유는 없다. 아니, 나는 이 녀석 내지 이 녀석들과 같이 해결하고 싶어서 일부러 지학 교실로 약속 장소를 정했을 것이다. 나는 말했다.

"이리스 선배한테 칙명을 받았거든. 가이토를 살해한 범인을 찾을 거다."

그 말을 들은 사토시는, 십중팔구 일부러 그런 것이겠지만 삼 초는 족히 경직되어 있었다. 경직이 풀리자 어째선지 만면에 기쁨의 미소를 띠고 큰 소리로 말했다.

"저런! 설마! 난 호타로 너만은 그 일을 수락하지 않을 줄 알았는데."

"오레키 호타로는 의리가 두텁고 정이 깊은 사람이거든."

"멋진 농담인걸, 호타로."

"난 바쁘다."

사토시를 남겨 두고 걸음을 뗐다. 사토시는 자전거를 밀며 종종걸음으로 따라와 나와 나란히 서려 했다. 인도가 좁아 여유가 없었으므로 옆으로 조금 비켜 주었다.

"꽤나 큰 심경 변화인데. 하지만 뭐, 그렇게 되지 않을까 싶긴 했어. 원인을 맞혀 볼까?"

사토시가 놀렸다. 나는 잠자코 있었다.

"지탄다지? 맞지?"

당연하다는 듯 말한다. 하기야 지난 몇 달간의 실적을 돌이켜 보면 매우 자연스러운 결론이기는 하다. 고전부와 관련된 성가신 일은 모두 지탄다가 발단이었고, 내가 그에 주체적으로 관여할 때는 지탄다의 강요 때문이었다는 게 이제까지의 패턴이었다. 과거에 예외는 단 한 번뿐.

이번 일은 예외 그 두 번째다. 나는 고개를 흔들었다.

"아니."

이 문제를 가져온 사람은 분명히 지탄다지만, 내가 오늘 학교로 가는 것은 녀석에게 부탁을 받았기 때문이 아니다.

뜻밖의 대답에 사토시는 살짝 눈살을 찌푸렸다.

"지탄다가 아니라고? 그럼 변덕, 자선 정신……. 아니, 설마 그럴 리는 없지. 굳이 말하지 않아도 알 거라고 생각하지만, 이건 네가 할 필요가 없는 일이야. '안 해도 되는 일은 안 한다' 아니었어?"

물론 그게 내 본래 방식이다. 그렇기에 그것을 대놓고 말한 사토시에게 어렴풋이 불쾌감이 느껴져 냉랭하게 말했다.

"그걸 꼭 너한테 설명해야 하는 거냐?"

사토시는 어깨를 으쓱했다.

"아니. 말하기 싫은 걸 캐묻는 그런 야만적인 일은 안 해. 사과할까?"

나는 웃으며 그 말을 부정했다.

얼마 동안 말없이 걸었다. 이 이상 대화가 없으리라고 생각했는지 사토시는 자전거를 타고 먼저 가려는 눈치를 보였다. 그것을 붙들 이유는 없었지만 나는 말했다.

"사토시."

"응?"

부르기는 했지만 딱히 할 말이 있는 것도 아니다. 다음 순간, 나는 내가 사로잡혀 있는 것에 대해 털어놓고 있었다.

"……넌 너만 할 수 있는 일이 있다고 생각하냐?"

너무나도 모호한 질문이었다. 사토시는 고개를 갸웃하며 신중하게 대답했다.

"왜 그런 걸 묻는지 모르겠지만…… 과거와 미래를 통틀어 전 세계 사람들을 모아 놓으면 그중에서 나만 할 수 있는 일은 기껏해야 하나뿐이라고 생각하는데."

그런 조건에서도 있다는 말인가.

"그게 뭔데?"

"그야 당연히 '후쿠베 사토시의 유전자를 남기는 일'이지."

사토시는 그렇게 말하고 웃었다. 농담으로 때운 게 아니다. 막연하기 그지없는 질문을 녀석다운 방식으로 나무란 것이다.

"미안하다. 질문을 바꿔 보마."

잠시 생각했다.

"가미야마 고등학교에서 네가 일인자라고 장담할 수 있는 일이 있냐?"

사토시는 즉답했다.

"없지."

너무나도 신속하고 명확한 말에 나는 말문이 막혔다.

"말 안 했던가? 난 후쿠베 사토시한테 재능이 없다는 걸 안다고. 예컨대 나는 홈지스트를 동경하지만, 그게 될 순 없거든. 난 심원한 지식의 미궁을 빠짐없이 탐험하겠다는 기개가 결정적으로 부족해. 마야카가 홈스에 관심을 가지면, 내장담하는데 석 달 만에 날 앞지를걸. 내가 할 수 있는 일이란 기껏해야 이런저런 장르의 문간에 서서 잠깐 들여다보고 팸플릿에 도장을 찍으며 다니는 거야. 일인자는 될 수 없어."

사토시에게 그런 말을 듣게 될 줄은 몰랐다. 게다가 사토시는 그 말을, 마치 날씨 이야기라도 하듯 태연자약하게 했다. 내가 할 말을 찾지 못하고 있으려니 사토시는 심술궂게 웃었다.

"이제 알겠는걸. 네가 왜 영화의 수수께끼에 도전할 생각이 들었는지."

"……"

"이리스 선배한테 '탐정 역할'의 소양을 인정받은 거지? 그 사건을 해결할 사람은 너밖에 없다는 말을 들은 거야? 그 말을 듣고 마음이 동했구나?"

하여간 이 녀석은 텔레파시 능력자다. 나는 고개를 끄덕였다.

"그런데 역시 걱정되는 거야. 자신의 소양이, '여제'의 말을 빌리자면 기술이."

"넌 너 자신을 의심하지 않지."

"응, 뭐. ……나 먼저 간다. 비디오 준비해 둘게."

사토시는 뛰어 산악용 자전거에 올라탔다. 당장에라도 페달을 박차고 달려 나갈 듯한 사토시에게 나는 꼭 하고 싶은 말이 있었다. 당하기만 하고 끝나면 기분 나쁘다.

"사토시."

"응."

"넌 어떻게 생각하는지 몰라도 난 널 좀 더 높게 평가한다. 마음만 먹으면 넌 언젠가 일본에서도 손꼽는 홈지스트가 될 수 있다고 생각해."

사토시가 눈을 껌벅거렸다. 그렇지만 곧 녀석의 기본 표정인 미소를 되찾았다. 사토시는 어깨 너머로 나를 돌아보았다.

"홈지스트보다 마음이 끌리는 건 얼마든지 있다고. 게다가……."

"?"

"……게다가 지금 그 말이 바로 답이라고 생각하는데."

극은 클라이맥스에 접어들었다.

여섯 명은 각자 열쇠를 집어 극장 안 여기저기로 흩어진다. 이다음은 비극적 결말이 기다리고 있다. 가이토는 무참한 시체로 발견될 것이다.

나는 지학 교실 구석에서 먼지를 뒤집어쓰고 있던 텔레비전으로 여태 제목이 없는 미스터리를 보고 있었다. 화면 안에서 가이토의 시체가 발견되었다.

조금 떨어진 자리에 앉은 이바라가 감탄 어린 목소리로 말했다.

"가이토 선배의 저 팔은 대단하네. 조명이 어둡다는 걸 감안해도 진짜 사람 팔로 보여."

이 녀석은 내가 볼일도 없는데 여름 방학중에 학교에 나타났다는 데 먼저 놀라고, 혼고의 수수께끼에 도전하겠다고 선언하자 눈을 부릅떴다. 그런데 상황을 파악하고 나더니 곧바로 이리스 선배의 꼬임에 넘어간 게 아니냐고 정곡을 찔렀다. 이바라도 얕잡아 볼 수 없는 녀석이다.

사토시가 웃음기를 머금은 목소리로 덧붙였다.

"연출하고 연기에도 저 정도 품질이 있었다면 좋았겠지만 말이지. 결국 가장 유능했던 건 소도구 팀이었어."

나는 비디오를 보고 있다. 합해서 두 번째다. 현장에 백 번 발걸음하는 게 수사의 기본이라지만 백 번이나 볼 수는 없다. 사토시와 이바라도 당연하다는 표정으로 함께 비디오를 감상해 주고 있다. 고마운 일이다.

무대 왼쪽 옆으로 뛰어든 가쓰타가 그곳 출입구가 완전히 막혀 있는 것을 보고 아연실색한다.

"말도 안 돼……."

암전.

비디오가 끝났다.

잡무를 싫어하지 않는 이바라가 성큼 일어서더니 테이프를 되감기 시작했다. 텔레비전도 껐다.

실은 비디오가 끝나기 전에 지탄다도 올 것이라 생각하고 있었다. 지탄다는 그래 봬도 관찰력과 기억력이 대단히 뛰어

나다. 관찰로 얻은 정보와 기억의 의미를 분석하는 능력이 결여된 것도 사실이지만, 아무튼 그 힘을 빌릴 생각이었다. 그렇건만 녀석은 끝내 오지 않았다. 나는 이바라에게 물었다.

"이바라, 지탄다가 어떻게 됐는지 혹시 모르냐?"

이바라는 순간 형언하기 어려운 표정을 지었다. 웃음을 참는 건지, 살짝 기분이 상한 건지 알 수 없는 표정이었다.

"앓아누웠어."

"왜? 여름 감기가 도진 거냐?"

"아니."

이바라는 잠시 뜸을 들였다.

"……숙취래."

…….

"그건…… 참 특이한 사례네."

기가 막힌다는 듯한 사토시의 말에 나는 고개를 끄덕여 동의했다.

"뭐, 어쨌든."

사토시는 마음을 다잡듯 그렇게 말하고는 의자 등받이에 몸을 기댔다.

"이렇게 다시 보니까 별로 복잡하고 까다로울 것도 없어 보이는걸. 그런데도 세 사람의 의견을 물리쳤으니 보기하고 다르네."

나도 전적으로 동감이었다. 사흘간의 검토로 혼고의 수수께끼를 풀기 쉽지 않으리라는 것을 잘 알고 있는데도 이렇게 실제 영상을 보니 가벼운 인상이 들 뿐이다.

"난해한 걸 간단해 보이게 하긴 어렵겠지."

나는 혼잣말처럼 중얼거렸다. 그런데 그 말을 들은 이바라가 자못 업신여기는 표정으로 나를 바라보며 있지도 않은 가슴을 내밀었다.

"그렇지 않아. 이 미스터리가 간단해 보이는 건 그렇게 의도했기 때문이 아니야."

"호, 그래? 그럼 뭐지?"

"내 생각엔 이 비디오가 영상으로 재미가 없기 때문에, 보는 사람의 흥미를 끌지 못하기 때문에 수수께끼가 두드러지지 않는 거야. 어느 정도 수준이 되는 연출이랑 카메라워크로 이걸 찍었으면 좀 더 재미있는 밀실 미스터리가 됐을걸."

과연 그럴까. 기술적 문제가 그 정도로 작품의 인상에 영향을 줄 것 같지는 않은데. 어째 동의할 수 없어 잠자코 있으려니, 사토시가 의기양양하게 웃었다.

"그거 혜안인걸. 아닌 게 아니라 난 처음 봤을 때 이게 밀실 사건이라는 것도 얼마 가서야 깨달았을 정도였어. 좀 더 그 방면의 연출이 있어도 좋았을 것 같은데. ……그런데 카메라워크도 그렇게 안 좋았어?"

이바라는 고개를 끄덕였다.

"안 좋아."

"마야카라면 어떻게 찍겠어?"

"나? 글쎄……. 예를 들면 맨 처음 나라쿠보 지구를 비추는 장면. 그건 좀 더 멀리서 등장인물이랑 폐허를 한꺼번에 잡는 게 효과적일 것 같아. 그리고 또, 음, 바로 생각나진 않지만 개별 행동 뒤 멤버들이 모일 때 스기무라 선배가 도구실에서 얼굴을 내밀잖아? 그 장면은 스기무라 선배의 시점에서 찍는 편이, 로비가 감시하에 있었다는 걸 더 뚜렷이 알 수 있었다고 생각해. 아, 그럼 스기무라 선배의 행동은 세노우에 선배 등등의 감시하에 있었다는 그것도, 세노우에 선배의 시점에서 찍은 컷이 하나 있었으면 꽤 달라졌을 것 같아. 또……."

이러니저러니 해도 이바라는 역시 추리물도, 영화도 좋아하는 것이다. 사토시가 웃으며 중단시킨 것은 적절한 행동이었다. 그러지 않았으면 언제까지 흠을 잡고 있었을지 알 수 없다.

나는 한숨을 쉬었다.

"영상을 헐뜯어 봤자 소용없을 것 같다만."

"그러게 말이야. 방법의 방법, 모든 건 방법이 문제라고. 잠깐 검토해 보지 않겠어? 아직 가능성이 전부 사라진 건 아니니까. 시간제한은 마음에 걸리지만 재미있겠어."

사토시가 그런 말을 했을 때 난입한 사람이 있었다.

지학 교실 문을 요란하게 열고 나타난 것은 내가 모르는 남학생. 옷깃의 배지로 보건대 1학년이다. 그는 나는 거들떠보지도 않고 찾는 사람을 발견하자 소리쳤다.

"거기 있었군, 후쿠베!"

사토시를 보니 씁쓸한 표정이 역력했다. 혀를 차는 소리까지 들렸다. 그러나 녀석은 곧 미소를 되찾았다.

"저런, 야마우치. 먼 길을 오느라 고생 많았어. 고전부에 들어오고 싶은 거라면 환영해."

야마우치라 불린 남학생은 현명하게도 사토시의 농담을 들은 척도 하지 않고 성큼성큼 다가오더니 목덜미를 잡았다.

"자, 잠깐, 폭력은 그만두지 못하겠나."

"그만두지 못하겠나는 무슨. 자식아, 난 널 생각해서 이러는 거다. 오미치는 진심이라고. 진급 못 해도 상관없냐?"

오미치라는 이름에 짚이는 데가 있었다. 엄격하기로 유명한 수학 교사다. 아하, 그렇게 된 일이군. 나는 팔짱을 끼고 사토시에게 웃어 보였다.

"사토시, 보충 수업은 받는 게 좋아. 그러니까 시험공부를 하는 척이라도 하라고 말했잖냐."

사토시는 이미 친구를 아끼는 마음이 지극한 야마우치에게 잡아끌려 일어서 있었다. 그러고도 녀석은 자기 페이스를 잃지 않았다.

"훌륭해, 호타로! 그런 식으로 혼고 선배의 수수께끼도 간단히 해치울까."

사정을 모를 텐데도 야마우치가 일갈했다.

"이 바보가! 벌써 보충 시작됐다고! 서둘러!"

"싫어! 난 저 밀실을, 밀실이……."

비명을 남기고 사토시가 사라졌다.

음, 뭐라 코멘트하면 좋을지. 한마디로 말하자면, 저 녀석 바보인가. ……그런 생각을 하는데 도로 뛰어왔다. 사토시는 끈 달린 주머니에서 수첩을 꺼내 내게 떠넘겼다.

"원통하구나, 호타로여. 뜻대로 아니 되는 것이 세상사일지니. 이리된 이상은 이 수첩을, 나를 대하듯 받들어 모시렷다. ……그럼!"

그러고는 또 달려갔다. 행운을 빈다. 사토시가 2학년이 될 수 있기를.

폭풍 같은 순간이 지나자 이바라도 일어섰다.

"나도 가야 해."

"그러냐."

"그 눈은 뭐야? 난 이리스 선배라면 또 몰라도 널 도울 마음은 없는걸. ……도서실 당번이야. 11시부터. 이렇게 될 줄 알았으면 미리 날짜를 바꿨을 텐데 느닷없이 말을 꺼낸 네가 나빠."

일방적으로 말하고는 이바라도 가방을 들고 지학 교실을 나갔다. 문간에서 멈춰 서더니 돌아보고는 거북스러운 표정으로 말했다.

"그렇지만…… 미안, 오레키."

나는 손을 팔랑팔랑 흔들었다.

교실에 나만 남았다. 나는 한숨을 쉬고 기지개를 켠 뒤 머리를 긁적이고 팔짱을 낀 자세로 눈을 감고 생각해 보았다.

방금 본 영상을, 그리고 어제까지 사흘 동안 주고받아 온 말을, 천천히 돌이켜 보며 그것들을 엮어 나갔다. 나라면 분명…….

……나는 내가 결론에 도달했음을 깨달았다.

스스로 생각해도 믿기 힘든 결론이다. 내 생각이 정말 옳은지 몇 번씩 검증해 보았다. 그러나 결함은 발견되지 않았다. 틀림없다. 틀리지 않다.

나는 중얼거렸다.

"이게 혼고의 진의다."

손목시계를 보자 어느새 12시가 훨씬 넘었다. 약속한 1시가 코앞이다. 나는 책가방에서 준비해 온 주먹밥을 꺼내서 급히 하나를 먹어 배를 채웠다.

모시조개 조림이 든 주먹밥을 다 먹고, 어제 마신 옥로차 냉침에 한참 못 미치는 캔 녹차를 마시는데, 조용히 문을 노크하는 소리가 났다.

"네."

들어온 사람은 물론 '여제' 이리스 후유미. 오늘도 교복을 입었다. 사복을 입든 교복을 입든 이 사람은 빈틈이 없다. 나는 예의 바르게 일어나 내 앞자리를 권했다. 이리스가 앉은 다음 나도 앉았다.

이리스는 잡담을 하지 않고 본론으로 바로 들어갔다.

"먼저 이것부터 묻자. 결론이 나왔어, 안 나왔어?"

나는 살짝 침을 삼켰다. 고개를 끄덕이는 것으로 대답을 대신했다.

이리스의 눈썹이 보일 듯 말 듯 움직였다.

"……그래."

별반 감정을 드러내지 않는다. 이리스다운 반응이다.

"그럼 들어 볼까."

"네."

우선 책상 위에 남아 있던 녹차로 입술을 축였다.

어디서부터 이야기를 시작할지는 미리 정해 두었다. 어디까지나 단도직입으로.

"수수께끼의 열쇠가 되는 건 말하나 마나 밀실입니다. 가이토가…… 아니, 가이토 선배가 죽은 방엔 멤버 중 아무도 들어갈 수 없었고 나올 수도 없었습니다."

기분 탓인지 이리스의 입가가 조금 누그러진 것처럼 보였다. 본인도 그것을 알아차리자 얼버무리듯 말했다.

"네가 편한 대로 이야기해. 억지로 '선배'를 붙일 필요는 없어."

고마운 허가다. 생각할 때는 전부 경칭을 생략했다 보니 말로만 다른 표현을 쓰기가 번거로웠다.

나는 고개를 끄덕이고 거리낌 없이 핵심에 접근했다.

"밀실의 구성에 관해선 어제도 말씀드렸죠. 똑같은 이야기를 다시 하게 될 텐데 참아 주세요.

무대 오른쪽 옆은 밀실입니다. 그리고 유일하게 외부로 열리는 창문이 촬영에 쓸 수 없을 만큼 망가져 있었다는 점을 고려하면, 범인은 문으로 드나들었다고 생각할 수밖에 없습니다. 어떻게? 문에 물리적 트릭을 장치할 여지가 있는지 없는지 영상에는 나와 있지 않습니다. 그렇다면 범인은 사무실에 남아 있던 마스터키를 써서 드나들었다고 생각하기로 하죠. 사토시라면 오컴의 면도날이라고 말할 겁니다.

그러나 범인은 무대 오른쪽 옆으로 가는 유일한 경로, 오른쪽 통로로 들어갈 수 없습니다. 왜냐하면 로비가 스기무라의 감시하에 있기 때문입니다. 사무실에서 마스터키를 손에 넣고 오른쪽 통로로 들어갈 수 있는 사람은 여섯 명 중에 없습니다.

그렇다면 어떻게 되나."

나는 여기서 말을 끊었다. 바로 말하면 재미없다는 생각을 안 했다고는 말 않겠다. 까놓고 말해서 폼을 잡은 것이다.

"여섯 명 중 범인이 될 수 있는 사람이 없다면 결론은 하나. 그곳에 일곱 번째 사람이 있었던 겁니다."

그게 내 결론이다.

이리스의 눈빛이 험악해졌다. 실없는 소리를 한다고 생각한 걸까.

"일곱 번째? 사와키구치 말처럼?"

"한정된 의미에서는 그렇습니다. 이 가능성을 깨달았을 땐 꽤나 황당무계하다고 생각했지만, 사와키구치가 그러더군요. 혼고는 일곱 번째 등장인물이 되어 줄 사람을 찾고 있었다고요. 그게 생각났을 때 전 일곱 번째 등장인물을 확신한 겁니다."

이리스는 잠자코 뒷말을 기다렸다. 반론이 있어도 끝까지 듣고 나서 할 생각이리라. 그쪽이 나도 더 편하다.

"하지만 혼고는 그 대본을 공정하게 썼다고 했거든요. 돌연히 출현한 괴인이 원흉이라고 생각할 순 없습니다. 그나저나 좀 전에 비디오를 다시 보면서 알아차린 건데, 영상에 기묘한 점이 몇 군데 있더군요. 다행히 사토시가 수첩에 그에 대해 써 놨습니다. 읽어 보죠.

……고노스, 안내도를 발견한다. 조명을 비춘다. 손전등일 듯.

하나 더요. 가이토를 찾으러 가는 장면입니다.

……통로 어두움. 광량 부족. 손전등이 사용됨.

어떻습니까."

바로 대답이 돌아왔다.

"손전등이구나."

"네."

입술을 핥았다. 이 부분이 중요하다.

"그런데 등장인물들 중 아무도 손전등을 들고 있지 않았습니다. 손전등 불빛이 비춘 장면 직후, 예컨대 사건 현장 돌입 직후의 영상을 보면 뚜렷이 알 수 있어요. 손전등을 숨길 시간은 있었지만 그렇게 할 합리적 이유가 없죠."

이리스의 표정에 불만의 빛이 떠올랐다. 무슨 불만인지 아는지라 미리 앞질러 유보를 해 두었다.

"압니다. 그건 조명이라고 하시고 싶은 거죠? 그렇지만 우선 이 손전등 문제를 기억해 주세요."

납득했는지 아닌지 표정으로는 알 수 없었다. 상관하지 않고 말을 이었다.

"한 가지 더. 영화를 좋아하는 녀석 말이니까 언짢아하지 말고 들어 주세요. 그 영화는 재미없다, 연출과 카메라워크가 좋지 않다, 그러더군요. 그게 힌트가 됐습니다. 전 영화를 많이 보는 편이 아닌데, 그런 저도 그 영상이 재미없게 느껴졌거든요. 특히 카메라워크는, 뭐, 그 말을 듣고 알아차린 거지만 신경을 전혀 안 썼더군요. 하지만 만약 거기에 이유가 있었다면?

카메라워크에 신경을 안 썼다는 게 무슨 뜻인가. 여러 가지가 있겠지만, 간단히 말해서 카메라맨의 위치가 나쁘다는 뜻이 아닐까요. 카메라맨은 늘 여섯 명과 같은 곳에서 촬영을 하고 있었습니다. ……이제 아시겠죠."

태도는 침착했지만 나는 이리스의 눈이 보일 듯 말 듯 커진 것을 알아차렸다. 과연 '여제'다. 이해가 빠르다. 그러나 제아무리 이리스 후유미라도 예상도 못 했을 것이다. 내가 추정한 일곱 번째 사람, 그것은.

"……설마 카메라맨이 일곱 번째 사람이라고?"

나는 고개를 끄덕였다. 본궤도에 오른 것을 스스로도 알 수 있었다.

"그들은 일곱 명이었던 겁니다. 일곱 명이서 나라쿠보로 가기로 하고 일곱 명이서 그곳으로 갔습니다. 화면에 나오는 여섯 명과 핸드헬드 카메라로 그걸 촬영하는 한 명, 이렇게 일곱 명입니다. 영상을 다시 보세요, 여기저기에 배우가 카메라 시선을 신경 쓰는 장면이 나옵니다. 그들은 그곳에 있는 카메라맨을 의식한 겁니다. 카메라맨이라고 하면 어폐가 있군요. '일곱 번째 사람'이라고 할까요.

손전등으로 불빛을 비춘 사람도 일곱 번째 사람. 그 조명은 아무래도 너무 부자연스럽거든요. 그 자리에 손전등을 가진 사람이 있다는 걸 암시한다고 봐도 이상하지 않죠. 카메라워크가 서툰 것도, 그가 여기저기서 동시에 한 장면을 찍을 수 없는 존재, 즉, 배우라고 생각하면 수긍이 갑니다."

내 말 한마디 한마디에 이리스가 매우 관심을 보이는 것을 알 수 있었다.

"그리고 이 부분이 중요한데, 멤버가 극장 내부로 흩어졌을 때 카메라는 모두 사라질 때까지 로비에 있었습니다. 그러고 장면이 컷됐죠. 즉, 일시적으로 카메라를 끄고 로비로 돌아올 멤버들을 기다리고 있었던 겁니다.

따라서 범행은 간단합니다. 일곱 번째 사람은 전원이 극장 내로 흩어지기를 기다려 들고 있던 카메라를 끄고는 재빨리 사무실의 마스터키를 입수합니다. 가이토를 살해한 뒤 그걸 써서 방문을 잠급니다. 그런 다음 로비에서 다른 멤버들이 돌아오길 기다렸던 겁니다.

이상이 결론입니다. 혼고가 일곱 번째 배우를 아직 고르지 못했다면 빨리 준비하시는 게 좋을 것 같습니다."

여기까지 단숨에 말하고는 캔 녹차에 손을 뻗었다.

이게 내 추리다.

내 안을 검토하듯 얼마 동안 입을 다물고 있던 이리스가 이윽고 물었다.

"두 가지 질문이 있어.

우선 첫째. 만약 그렇다면 극중에 일곱 번째 사람한테 말을 거는 인물이 아무도 없었고 또 일곱 번째 사람도 말을 하지 않았다는 건 부자연스럽지 않나?"

그에 대한 대답은 준비해 두었다.

"혼고는 그걸 동기로 삼았는지도 모릅니다. 즉, 일곱 번째 사람은 다른 여섯 명에게 철저하게 무시당하는 존재였던 거죠. 그는 그 때문에 말을 할 수 없었습니다."

"둘째. 맨 먼저 돌아와 있던 일곱 번째 사람을 의심하지 않을 사람은 없어. 게다가 네가 말하는 '제2밀실'은 깨지지 않았지. 일곱 번째 사람이 이동하는 모습은 중인환시 속에 있었다고 추정하는 게 가능해. 그럼 거기엔 아무런 수수께끼도 없는 것 같은데."

나는 웃었다, 의도적으로.

"사와키구치의 말을 빌려 볼까요. ……아무래도 상관없잖아요, 수수께끼 같은 거."

"……."

"비디오카메라 영화의 목적이 첫째, 스태프의 자기만족이라면 둘째는 관객을 즐겁게 해 주는 것 아닌가요? 등장인물을 고민시키는 게 아니죠. 나카조식으로 말하자면, 수수께끼는 관객이 수수께끼로 느끼면 그만이고 등장인물한테는 자명한 일이라도 상관없다고 생각할 수 없을까요. ……생각해 보면 그렇기 때문에 그 대본엔 탐정 역이 없었는지도 모릅니다.

등장인물들한테는 추리할 것도 없이 범인이 명백하기 때문입니다."

그 뒤 일 분은 족히 침묵이 흘렀다. 이리스는 눈앞의 나를 보려고도 하지 않고 잠자코 시선을 들지 않았다. 대담한 의견에 당혹한 걸까.

그러나 나는 조바심치지 않았다. 괜찮다. 이리스가 검토에 얼마만큼 시간을 들여도 결과는 뻔하다.

이리스가 중얼거렸다.

"축하한다."

"네."

그녀가 얼굴을 들었다. 이제껏 표정이 없던 그녀로서는 생각도 할 수 없을 만큼 환하게 웃고 있었다.

"축하해, 오레키 호타로. 넌 혼고의 수수께끼를 푼 것 같구나. 전혀 생각지도 못한 대담한 발상이지만, 모든 사실과 부합되는 이상 그게 옳다는 건 틀림없지. 고맙다. 이로써 영화는 완성될 거야."

이리스가 오른손을 내밀었다.

쑥스러웠다.

악수.

이리스는 오른손을 꽉 쥐며 왼손으로 내 어깨를 쳤다.

"역시 내 눈은 틀리지 않았어. 너한텐 기술이 있었어. 다른 누구에게도 없는, 누구도 대신할 수 없는 힘이."

……그래.

그러더니 이리스는 환한 표정 그대로 말했다.

"어때? 네 성과를 기념해서 그 영화에 제목을 붙여 보지 않겠어?"

제목이라. 생각도 못 해 봤는데.

하지만 내가 내 능력을 믿는다는 흔치 않은 행동을, 어떤 것의 이름으로 기념하는 것도 나쁘지 않을 것 같다. 잠시 생각한 끝에 나는 말했다.

"그럼 내용에 맞춰서…… 〈만인의 사각〉은 어떨까요?"

"흠."

이리스는 몇 번 고개를 끄덕였다.

"좋은 제목이야. 그걸로 정하자."

이렇게 해서 제목 미정의 비디오카메라 영화는 제목 미정이 아니게 됐고, 내 여름 방학 막바지의 나흘간을 깎아 먹은 성가신 문제는 해결되었다. 물질적으로는 아무런 대가도 없었지만 그래도 기분은 나쁘지 않았다.

나는 '탐정 역할'을 해냈다. 그 사실만으로 충분했다.

7
뒤풀이에는 가지 않는다

그로부터 사흘 동안의 내 심경을 술회하는 것은 그리 내키는 작업이 아니다.

적성의 문제는 있을지언정 어리석지는 않은 세 명이 각각 이루지 못한 목적을 제삼자인 내가 달성했다. 내가 옵서버라는 유리한 입장에서 세 사람에게 정보를 얻은 것은 사실이지만, 그래도 나는 그 해결 덕분에 이리스의 말을 믿게 되었다. 나는 내게 그리 하찮지 않은 능력이 있다는 것을 자각하기에 이른 것이다. 그 사실은 조금 멋 부려 말하자면 흡사 위스키 봉봉이 가져다준 기분 좋은 취기처럼 내 정신을 만족감에 젖게 했다.

그것은 소극적으로 표현하자면 신선한 심경이었다.

금요일 낮에 해결된 혼고의 수수께끼는 토요일 밤까지 대본이라는 형태로 집필되어(벼락치기 작업 탓에 각본가 대역을 맡은 뭐라 하는 1학년은 반죽음 상태가 됐다고 하는데, 그건 내 알 바가 아니다), 그에 따라 2학년 F반의 비디오카메라 영화는 일요일 오후에 촬영을 마쳤다. 절망적 상황에서의 대역전. 일요일 밤에 의리 있게 전화를 준 이리스에게 소식을 듣고 나는 순순히 축하해 주었다.

해결로부터 사흘 뒤 월요일. 가미야마 고등학교의 여름 방학이 끝난다.

고전부는 바로 전 주말에 모이지 않았던 터라 오늘까지 사건의 경위를 다른 세 명에게 전할 기회가 없었다. 방과 후, 나는 다른 볼일이 있어 조금 늦어지기는 했지만 부실로 향했다. 자기 공을 자랑하는 것 같아 취향에는 맞지 않지만, 어쨌든 녀석들에게도 설명해 두는 게 좋을 것이라고 생각하며 특별동 계단을 올라갔다. 발걸음이 가벼웠던 것을 부정하지는 않겠다.

지학 교실 앞까지 왔을 때 이변을 깨달았다. 교실 안이 어둡다. 커튼을 친 것 같다. 혹시나 싶어 조용히 문을 열자, 아니나 다를까 비품인 텔레비전을 끌어내 놓고 비디오카메라 영화 〈만인의 사각〉을 상영중이었다. 지탄다, 이바라, 사토시 세 명이 문을 등지고 텔레비전을 보고 있었다.

그렇기는 해도 내가 들어갔을 때 이미 엔드 크레디트가 나오는 중이었다. 검은 배경에 고딕체로 스태프 이름만 보여 주는 심심한 크레디트다. 촬영이 어제 끝났다면 편집할 시간도 없었을 텐데 크레디트가 있다는 것은, 십중팔구 그것만 미리 만들어 두었다는 뜻이리라.

도중에 이바라가 일어섰다. 비디오를 끄더니 나를 발견했다.

"아, 오레키."

지탄다와 사토시도 돌아보았다. 사토시가 텔레비전을 가리켰다.

"호타로, 영화 봤어."

"2학년 F반?"

"그래. 좀 전에 에바 선배가 와서 놓고 갔거든. 그렇구나, 결국 이것도 호타로가 해결했네."

사토시는 웃는 얼굴이지만 이 녀석은 늘 그 표정인 터라 영화를 어떻게 생각하는지는 알 수 없다. 그렇기에 내가 먼저 운을 뗐다.

"어땠냐?"

"음, 나쁘지 않아. 나쁘지 않다고 할지, 재미있었어. 카메라맨이란 말이지."

이바라가 비디오테이프를 되감는 버튼을 누르며 어쩐지 비난조로 말했다.

"저번에 벌써 이런 생각을 하고 있었던 거니? 그런 건 내색도 안 했잖아."

"너희가 가고 난 다음 생각난 거다. 괜히 애태우면서 즐기는 취미는 없다고."

나는 그렇게 말하며 책가방을 근처 책상에 놓고 그런 김에 그곳에 걸터앉았다.

사실을 말하자면 맥이 빠졌다. 이 녀석들의 반응이 생각보다 얌전했기 때문이다. 나는 내가 내린 결론의 의외성에 만족하고 있었던 터라 이 녀석들도 크게 놀랄 것이라고 막연히 기대했던 모양이다. 스스로 생각해도 바보 같다. 사토시와 이바라는 워낙 닳아빠진 녀석들 아닌가.

그럼 닳아빠지지 않은 지탄다는 어떨까.

시선이 마주쳤다. 그러자 지탄다는 고개를 갸웃했다.

"오레키 씨."

"그래."

"놀랐어요."

솔직한 의견이다.

고개를 원위치로 돌린 지탄다의 시선은 나를 벗어나 허공을 헤맸다. 이윽고 조심스럽게 말을 이었다.

"그래서 말인데요, 저⋯⋯."

그러더니 퍼뜩 깨달은 것처럼 모호한 미소를 지었다.

"아, 저기, 나중에 말씀드릴게요."

기묘한 반응이다. 어떻게 해석하면 될까. 호의적인지 비판적인지 알 수 없다.

손뼉을 딱 치는 소리가 났다. 사토시다.

"뭐, 아무튼 잘했어, 호타로. '여제'도 만족, 영화는 완성, 이런 의외성이면 관객도 즐겨 주지 않을까. 오레키 호타로의 이름이 명탐정으로 온 학교에 알려질 날도 멀지 않았네. 성공을 축하해 건배하자."

그러더니 끈 달린 주머니에서 요구르트 네 병을 꺼냈다. 별 희한한 것까지 다 들고 다닌다. 축하 무드를 자아내려는 사토시를, 이바라가 선 채로 언짢은 목소리로 견제했다.

"다른 반 문제를 이 이상 질질 끌고 있을 시간이 없어, 후쿠. 그때 시사회 이래로 우리 《빙과》는 진전이 전혀 없단 말이야. 오늘은 무슨 일이 있어도 쪽수를 확정 지을 거야. 물론 후쿠는 그새 원고 많이 썼겠지? 내가 그렇게 부탁했잖아?"

사토시는 미소가 얼어붙은 얼굴로 이바라 앞에만 요구르트를 두 병 놓았다. 그런 것으로 얼버무릴 수 있는 상대라고 생각했나. 아니나 다를까 이바라는 거들떠도 보지 않고 이번에는 커튼을 걷기 시작했다. 2학년 F반의 비디오카메라 영화는 그것으로 끝나고, 고전부의 활동은 문집 제작으로 돌아왔다.

날이 저물어 문집 《빙과》에 관한 미팅도 끝났다. 너무 많아진 메모들을 내가 정리하는 사이에 사토시와 지탄다는 잇따라 먼저 지학 교실을 나섰다. 교실에는 나와 이바라라는 흔치 않은 조합이 남았다.

무단으로 사용한 텔레비전을 원위치로 정확하게 돌려놓으며 이바라는 방금 생각난 듯한 얼굴로 내게 말했다.

"아, 맞다. 오레키, 좀 물어보고 싶은 게 있는데."

"문집 원고라면 다음 주 초쯤엔 넘길 수 있을 거다."

이바라는 고개를 흔들었다.

"그 영화 말이야. 제목이 뭐랬지? 음, 만인이 뭐라나 하는 거."

내가 지은 제목을 내 입으로 말하려니 조금 창피했으므로 나는 제목을 가르쳐 주지 않고 이바라에게 뒷말을 재촉했다.

"그게 왜?"

"그 해결책은 오레키 네가 제시한 거지?"

고개를 끄덕였다.

무슨 생각인지 이바라는 신중하게 재차 확인했다.

"전부?"

나는 완성판 영상을 보지 못했으니 알 길이 없다. 자연히 대답도 모호해졌다.

"아마."

그 대답을 듣자 이바라의 눈빛이 더욱 날카로워졌다. 한층 강해진 어투로 말했다.

"그럼 넌 하바 선배가 한 말을 어떻게 생각한 거니? 트릭의 재미는 그렇다 치고 그 점이 석연치 않더라."

납득할 수 없는 점이 남아 있었다고? 나는 물었다.

"하바가 한 말?"

"의도적으로 무시한 거 아니었어?"

이바라가 중얼거리더니 허리에 손을 얹고 말했다.

"영화 어디에도 자일이 안 나왔잖아."

자일……. 혼고가 하바에게 준비하라고 부탁한 물건. 그것도 강도強度까지 꼼꼼하게 챙겨 가며. 그러고 보니 그런 게 있었다.

순간적으로 대답하지 못하는 내게 이바라가 말했다.

"카메라맨이 일곱 번째 사람이라는 건 재미있었고, 등장인물이 일제히 카메라를 바라보는 장면은 영상으로서 박력도 있었어. 하지만 그래선 어디를 어떻게 해도 자일이 등장하지 않잖아."

아닌 게 아니라.

아니, 그게 아니다. 나는 반론했다. 스스로도 목소리가 조금 불안정하게 느껴졌다.

"자일을 준비하라고 했다고 꼭 트릭에 써먹는다는 보장은 없잖냐. 마지막에 카메라맨이 목이라도 맬 생각이었는지도 모르는 거 아니냐?"

그러자 이바라는 어이없다는 표정으로 나를 보았다.

"무슨 소리야, 오레키. 그럼 뭐하러 강도를 확인한다는 거니? 자일처럼 튼튼한 걸로 그런 장면을 찍었다가 만에 하나 사고라도 나면 어쩌려고? 혼고 선배는 명백히 튼튼한 로프로 뭔가 무거운 걸, 가령 인간 같은 걸 지탱할 생각이었던 거야. ……아니면 내 생각이 틀린 걸까?"

마지막 말에 이바라답지 않은 배려가 담겨 있었는지 모르지만, 나는 그런 것도 깨닫지 못했다. 이바라의 생각이 틀렸느냐고 물으면, 틀린 것 같지 않았기 때문이다. 사소하다면 사소한 점이지만…….

나는 왜 그런 사실을 잊어버린 걸까?

"뭐, 어쨌든 난 재미있었어. 그렇지만 네가 2학년 F반 세 사람의 견해를 퇴짜 놓았을 때처럼 엄밀하게 보면 모든 정보와 부합되는 건 아닌 것 같아."

이바라는 그렇게만 말하고 텔레비전에 커버를 씌운 뒤 자신의 가방을 정리하기 시작했다. 내 쪽은 이제 쳐다보지 않았다. 열쇠는 내가 반환할게, 하고 나지막이 말하기에 내가 먼저 교실을 나서야 했다.

이바라의 말이 귓전에 맴도는 채 나는 특별동 계단을 내려 갔다. 나는 내가 생각해 낸 해결이 모든 사실과 부합된다고 생각하고 있었다. 세부적인 연출이며 대사는 물론 다르겠지만, 대강의 줄거리로 따지면 그게 혼고의 진의일 것이라고. 그런데 잊어버린 게 있었다. 아니면 잊어버린 게 아니라 내 생각과 들어맞지 않아서 무의식중에 무시한 걸까? 그런, 해답에 맞춰 문제를 왜곡하는 짓은 하지 않았다고 생각하고 싶은데.

발치만 보며 3층까지 내려왔다. 그대로 아무 생각 없이 2층으로 가려는데 목소리가 들렸다.

"호타로, 잠깐만."

돌아봤지만 아무도 없다. 사토시의 목소리 같았는데. 아니, 잘못 들은 게 아니다. 분명히 들렸다. 잠시 기다려 보자 역시 또다시 이름을 불렀다.

"여기야, 호타로."

남자 화장실에서 손이 나와 손짓하고 있다. 밤이었으면 호러다, 야. 쓴웃음을 지으며 그쪽으로 다가갔다. 화장실 안에는 역시 사토시가 있었다.

"뭐냐, 사토시. 난 나란히 소변보는 취미는 없다."

그러자 사토시는 입가의 웃음은 어렴풋이 남아 있지만 목소리와 눈빛은 진지한, 녀석식의 진지한 태도로 말했다.

"그런 취미는 나도 없어. 여기가 편리해서 그래."

"편리하다니, 뭐에? 어째 수상쩍은 냄새가 나는걸."

"청소는 잘돼 있는 것 같은데. ……여기엔 여자애들은 못 들어오잖아."

아하, 그렇군. 그 말은 틀림없다.

"그래서, 여자들 따돌리고 무슨 할 이야기가 있는 거냐? 빨간책이라도 보여 주려고?"

내 딴에는 최선을 다해 농담을 했건만 사토시는 웃지 않았다.

"빨간책이라니 그런 케케묵은 표현을. 원한다면 경찰에 끌려갈 것 같은 책이라도 준비해 줄 테니까 어쨌든 지금은 내 말을 들어 봐."

흠.

"이바라나 지탄다가 들으면 곤란한 이야기냐?"

"응, 뭐. 그 애들 앞에선 그게 좀 그럴 것 같아서."

사토시가 목소리를 살짝 낮추었다.

"호타로, 아까 그거 말인데, 넌 그게 혼고 선배의 생각이라고 본 거야?"

이 녀석도 그 이야기인가. 더욱이 보아하니 별로 호의적이 아닌 것 같다. 내가 떨떠름한 표정을 짓는 것을 알 수 있었다.

"그런데."

그 말을 듣더니 사토시는 내 시선을 피했다.

"그래…… 정말 그렇게 생각했다는 거구나."

사람 불안해지는 태도를 취한다. 사토시는 말하기 거북한지 시선을 맞추지 않은 채 뒷말을 이으려 하지 않았다. 하는 수 없이 내가 먼저 말했다.

"그렇게 생각하면 안 되는 거였냐?"

"응, 뭐."

모호하게 고개를 끄덕이더니 사토시는 용기를 내서 이야기를 시작했다.

"호타로, 저건 곤란해. 혼고 선배의 의도는 저거랑 달라. 난 그게 어떤 건지는 예상도 할 수 없지만, 네가 생각한 저게 아니라는 말은 할 수 있어."

꽤나 딱 부러지게 말한다. 충격을 받았다거나 불쾌하다거나 하기 이전에 망연했다. 사토시가 하는 말은 농담이 아니면 진담인데, 지금 이 녀석은 명백히 진담으로 하는 말이었다. 그래도 태세를 바로잡고 되받아쳤다.

"근거가 있어서 하는 말이겠지?"

"그야 당연하잖아. 내가 아무렇게나 말하는 거 봤어?"

"그렇게 치명적인 모순이 있는데 내가 모른 거냐?"

그러자 사토시는 분명히 고개를 흔들었다.

"모순이 있는 게 아니야. 내가 보기엔 모순은 없었어. 제법 훌륭하다고 생각한 건 거짓말이 아니야. 그렇지만 혼고 선배의 진의가 아니라는 것뿐이야."

"요컨대?"

사토시가 헛기침을 했다.

"호타로, 혼고 선배의 탐정 소설에 대한 이해도를 생각해 봐. 선배가 전혀 아무것도 모르던 상태에서 '공부'에 사용했던 책이 뭐였지?"

무슨 상관이 있다는 건지 의아하게 여기며 대답했다.

"셜록 홈스였잖냐."

"맞아. 알겠어? 혼고 선배의 탐정 소설 경력은 셜록 홈스 뿐이야. 십계를 지켰다지만 제목만 봤을 뿐이고 녹스 같은 건 읽지도 않았어. 그리고 네가 이리스 선배한테 제안한 트릭 은, 그건 서술 트릭의 일종이라고. 서술 트릭은 알겠어?"

뭐, 모를 것도 없다.

"문장의 표현 방식으로 독자를 속이는 트릭이지? 그 영화 는 영상의 표현 방식으로 일곱 번째 사람을 숨겼으니 서술 트 릭이라고 할 수도 있겠군."

"그래, 그런데 호타로, 방점을 찍어 가며 들어 줘."

사토시는 지금부터 할 말에 무게를 싣듯 한 박자 쉬었다. 그러고는 간결하게 말했다.

"서술 트릭은 도일의 시대엔 존재하지 않았어."

"……."

"알겠어? 서술 트릭은 극소수의 예외를 제외하면 크리스 티의 시대까지 기다려야 등장한다고. 20세기에 들어서야. 난 혼고 선배를 모르지만, 선배가 크리스티급 같진 않아!"

처음에는 사토시가 무슨 말을 한 건지 이해하지 못했다. 그 의미가 서서히 침투하면서 나는 동요하기 시작했다.

혼고의 추리물에 대한 이해도는 19세기 중반 수준이다. 가

스등 불빛이 부연 런던, 셜록 홈스의 시대에서 멈춰 있다. 아마 그 말이 맞을 것이다. 그런데 사토시는 그 시대 사람은 서술 트릭을 생각해 낼 수 없다고 말한다.

나는 한동안 바보처럼 우두커니 서서 방금 들은 말을 되새겼다. 사토시의 견해를 받아들일 수도, 거부할 수도 없었다. 상상조차 해 보지 못한 각도에서 날아온 일격에 머리가 멈춰 버린 듯했다.

사토시는 그런 나를 측은한 눈으로 바라보며 말했다.

"난 개인적으로 그 영화에 A를 매기고 싶어. 카메라맨을 햇빛 아래로 끌어내는 게 정말 좋더라. 하지만 네가 그게 혼고 선배가 의도한 바라고 생각한다면 난 이의를 제기할 수밖에 없어."

"잠깐 기다려 봐."

가까스로 말했다.

"우리는 혼고 선배의 독서 이력을 전혀 모르잖냐. 홈스가 아닌, 추리 소설이 아닌 데서 서술 트릭을 접할 기회가 없었다고 단언할 순 없을 텐데."

스스로 생각해도 구차하다. 그런 내게 어깨를 으쓱하며 사토시가 대꾸한 말은 짤막했다.

"……네가 진심으로 그렇게 생각할 수 있다면 난 그래도 상관없긴 해."

이바라와 사토시의 콤비네이션 플레이로 내가 입은 타격은 심각했다. 나는 시련에 약한 사람은 아니라고 생각한다. 그러나 한순간에 생긴 자각 따위 금 가는 것도 한순간이다. 나는 두 사람의 말에 유효한 반박을 할 수 없었다. 그렇다면 내 설이 틀렸다는 생각이 드는 것도 무리가 아니다. 물론 틀린 게 아니기를 바라지만.

그렇기에 계단을 다 내려가 현관 앞으로 갔을 때, 그곳에 선 지탄다를 보고는 가슴이 철렁했다. 지탄다는 나를 기다린 게 명백한데도 나를 보더니 눈을 슥 내리깔았다.

"저, 오레키 씨. ……잠시 드릴 말씀이 있는데요."

지탄다, 너도냐.

미안해하는 태도를 보면, 그리고 전례에 비추어 보면, 무슨 용건인지 대충 짐작이 간다. 나는 체념 어린 한숨을 쉬었다.

"사토시나 이바라 앞에선 하기 거북한 이야기지?"

지탄다는 큰 눈을 더욱 크게 뜨고 내가 알아맞힌 것에 놀랐다. 그러고는 조그맣게 고개를 끄덕였다.

나란히 교문을 나섰다. 차분하게 이야기할 수 있는 찻집에라도 들어갈까 했는데, 내 단골 가게로 가려면 학교에서 멀어지고 가까운 찻집들은 같은 학교 학생들로 들끓는다. 그렇다면 걸으면서 이야기해도 마찬가지일 것이다. 해가 지려면 아직 많이 남았다. 내가 먼저 이야기를 꺼냈다.

"할 이야기란 건, 그 영화 이야기지?"

"네."

"마음에 안 들었구나."

"······그런 건 아닌데요."

대답하는 목소리가 작다.

재판에서 판결을 기다리는 심정이 이런 걸까. 나는 초조함을 견디지 못하고 먼저 말했다.

"괜히 마음 쓸 거 없어. 사토시하고 이바라도 그건 혼고의 진의가 아니라고 하더라. 나도······ 그럴 것 같다는 생각이 들기 시작했어."

지탄다가 얼굴을 들었다. 그쪽을 보지 않고 말을 이었다.

"넌 어때?"

"······저도 아니라고 생각해요."

"이유를 말할 수 있겠어?"

침묵이 흐른 뒤 지탄다는 고개를 끄덕였다.

그것을 알아서 어떻게 하겠다는 건지는 나도 알 수 없었다. 촬영은 이미 끝났다. 여기서 검토를 거듭한들 버스는 이미 떠난 뒤다. 합리적으로 생각하면 쓸모없는 행동, 에너지 절약에 위반되는 행위다. 그러나 보아하니 내게도 조금은 긍지가 남아 있는 모양이다.

"뭔지 가르쳐 줄래?"

눈앞의 신호등이 빨간불로 바뀌었다. 사람들의 흐름이 중단되고 횡단보도 앞이 순식간에 가미 고 학생들로 붐볐다. 그 속에서 이야기하기를 꺼리는지 지탄다는 대답하지 않았다. 옆얼굴을 보았다. 늘 부드러움이 깃들어 있던 눈가가 조금 걱정스러워 보였다. 큰 눈이 가려진 지탄다는 정말 청초해 보였다.

신호등이 바뀌고 사람들의 물결이 움직이기 시작하자, 지탄다는 천천히 이야기를 시작했다.

"오레키 씨, 이번 일로 제가 마음에 걸렸던 게 뭔지 아세요?"

이제 와서 새삼스럽게 무슨 말을. 나는 솔직하게 대답했다.

"2학년 F반의 비디오카메라 영화가 어떻게 끝날지 아니냐? 그 때문에 한 일이잖아."

그러나 뜻밖에도 지탄다는 고개를 가로저었다.

등을 덮은 긴 머리가 살랑살랑 흔들렸다.

"그렇지 않아요. 전 사실 영화의 결말은 어떤 것이든 상관없다고 생각하고 있었어요. 그렇기 때문에 오레키 씨의 안도 아주 좋았다고 생각해요."

"그럼……."

"전 혼고 선배란 분이 궁금한 거예요."

지탄다가 나를 얼핏 보았다. 나는 아마 멍청한 표정을 짓고 있었을 것이다. 혼고가 궁금하다면, 영화의 결말이 궁금한 것이나 똑같지 않나.

내 그런 생각을 알아차린 듯 지탄다가 강한 어조로 말했다.

"이번 일은 어떻게 생각해도 이상해요. 혼고 선배가 신경을 쓰다 못해 쓰러졌다는 게 사실일까요? ……사실일지도 몰라요. 하지만 그렇다면 왜 다른 사람한테 부탁하지 않았을까요? 예를 들면 에바 선배한테."

고개를 갸웃거렸다. 문장의 뜻이 통하지 않는 이유는 무엇인가.

"주어하고 목적어가 빠졌다."

"아…… 죄송해요. 어째서 이리스 선배는 에바 선배라든지, 그런 혼고 선배와 친한 사람한테 어떤 트릭을 준비했던 거냐고 물어봐 달라고 부탁하지 않았나, 하는 말이에요."

…….

그것은 문제를 가정하는 데 불과하다. 혼고는 안정을 취할 필요가 있어서 신경을 소모하는 대본 집필에 연관시키고 싶지 않았던 것이리라.

그러나 내가 그 말을 하기 전에 지탄다가 말을 이었다.

"혼고 선배는 분명히 대본의 전체 줄거리를 짜 두었어요. 도중에 쓰러졌다 해도 결말 부분의 핵심을, 요컨대 트릭을, 물어볼 수 없었을 것 같진 않아요. 혼고 선배는 트릭을 이야기하지 않았던 거예요.

처음엔 혼고 선배가 아픈 몸을 이끌고 대본을 완성하겠다고 애쓰고 있기 때문인가 했어요. 하지만 이야기를 듣기로 혼고 선배는 동급생들을 기다리게 하면서까지 꼭 자기가 써야겠다는, 자기주장이 강한 타입은 아닌 것 같거든요. 오히려 각본가 역할을 끝내 거절하지 못했을 만큼 심약한 분이라는 생각이 들어요.

그럼 결말에 자신이 없었던 걸까요. 잘 쓰지 못한 대본이 부끄러워서, 그래서 다른 분들 앞에 얼굴을 못 내밀게 된 걸까요? 그렇기 때문에 누가 와도 진상을 안 가르쳐 준 걸까요?

……이것도 아니에요. 전 미스터리를 잘 모르지만, 프로젝트에 관여한 분들은 명백히 그 이상으로 미스터리에 익숙지 않거든요. 게다가 다들 참 좋은 분들이고요. 혼고 선배가 어떤 안을 내놔도 형편없다고 규탄할 분들 같진 않았어요."

그들이 '참 좋은 분들'인지 아닌지에 대해서는 의견이 갈리는데.

지탄다는 거의 자기 자신을 상대로 말하듯 띄엄띄엄 말을 이었다.

"그럼 뭐가 혼고 선배를 막다른 골목으로 몰아넣은 걸까요? 이번 일은 겉으로 보이는 것과는 달라요. 전 그 어색함이 줄곧 신경 쓰였던 거예요."

그러고는 걸음을 늦추더니 나를 똑바로 바라보았다.

"오레키 씨의 안이 진상이라면 혼고 선배는 그걸 이리스 선배나 선배가 보낸 분한테 이야기했을 거예요. 다른 분의 의견이 진상이라도 마찬가지고요.

전 도중에 대본의 완성을 포기해야 했던 혼고 선배의 심경을 이해하고 싶어요. 원통함이라면 원통함을, 노여움이라면 노여움을 알고 싶어요. ……하지만 아까 그 영상은 그에 대답해 주지 않았어요. 제가 그게 마음에 들지 않는 것처럼 보였다면 분명 그게 이유라고 생각해요."

나는 신음했다. 나나 나카조, 하바, 사와키구치가 영상 속에서 사건의 진상을 간파하려 하는 동안, 지탄다는 혼고 본인을 생각하고 있었나.

아닌 게 아니라 그렇다. 예컨대 에바는 혼고가 친구라고 했다. 트릭만을 알고 싶다면 혼고에게 물어볼 방법은 있었을 것이다. 만약 혼고가 그것조차 불가능할 정도로 병이 중하다 면…… 혼고를 둘도 없는 친구라고 부른 에바의 태도는 지 나치게 태평하다. 지탄다가 에바에게 혼고가 어떤 사람이냐 고 물었을 때, 에바는 말로 뭘 알 수 있다는 것이냐고 화를 냈 다. 그 정도로 소중한 친구가 중병인데도 그렇게 태연할 수 있을까?

나는 그 영화의 대본을 단순한 문장으로 봤던 게 아닐까. 무대 설정, 등장인물, 살인 사건, 트릭, 탐정, '범인은 이 중 에 있습니다'…….

그곳에 혼고라는, 얼굴도 모르는 인간의 심경이 반영되어 있다는 것을 나는 알아차리지도 못했던 게 아닐까.

……하여간 참 대단한 '명탐정'이시다!

진심으로 그런 생각이 들어 크게 한숨을 쉬었다. 그것을 착각했는지 지탄다가 허둥지둥 말했다.

"아, 하지만 오레키 씨를 비난하는 게 아니에요. 정말 깜짝 놀랐지 뭐예요, 그 해결 장면. 그건 분명히 혼고 선배의 생각 이 아니지만 멋진 마무리라고 생각해요."

쓴웃음을 지을 수밖에 없었다.

나는 각본가 역할을 맡은 게 아니었기 때문이다.

그날 밤, 나는 내 방에서 잠시 생각했다. 침대에 드러누워 흰 천장을 바라보며.

보아하니 내가 틀린 모양이다. 그에 대한 충격은 이미 엷어졌다.

나카조, 하바, 사와키구치와 더불어 나도 멋지게 실패한 셈이다. 나도 모르게 헛웃음이 났다. 특별하기는 뭐가 특별한가. 이리스도 무책임한 소리를 한다. 자신의 자만심이 어처구니없었다. 나는 결국 그 세 사람과 다를 바 없었다.

거기까지 생각했다가 문득 깨달았다. 나는 정말 실패한 건가?

물론 내 안이 혼고의 진의를 맞히지 못했다는 것은 명백하다. 그러나 이리스, 나아가 2학년 F반의 입장에서 보면 어떨까. 그들의 프로젝트, 비디오카메라 영화 제작은 위기 상황을 벗어나 무사히 완성되었다. 그 관점에서 보자면 나는 성공했다고 할 수 있다. 비디오카메라 영화 〈만인의 사각〉은 까다로운 이바라조차 납득시킨 좋은 작품이다.

좀 더 말하자면 내가 자신의 안에 어떤 평가를 내리건 그와는 무관하게 나는 성공했다고도 할 수 있으리라. 즉, 내게는 역시 기술이 있으며 나는 나만이 이룰 수 있는 일을 이루었다는 게 된다.

그렇다면 그 말에 의미는 있었을까. 찻집 히후미에서 이리스가 문득 한 말. '누구나 자기 자신을 자각해야 한다.' 흡사 인생의 진리인 양 내게 작용했던 그 말에 의미는 있었을까?

그 직후, 나는 나를 제외한 모든 것을 인식할 수 없어졌다. 그 감각은 곧 백팔십도 뒤집혀 이곳에 나만 없는 이미지가 팽창했다. 나카조 안이 채택되는 광경을 보았다. 하바 안이 채택되는 광경을 보았다. 사와키구치 안이 채택되는 광경을 보았다. 허무하고, 상대적이고, 기분 좋았다.

그러나 환시는 금세 사라졌다.

뭔가를 알았다는 생각이 든 순간, 그것을 잊어버렸다. 다음으로 머리에 떠오른 것은 지탄다가 만족하지 않았다는 사실. 자연스럽게 연상했다. ……그렇다면 좀 더 생각해 보자. 그것은 쓸데없는 일이 아닐 것이다.

뭘 틀린 걸까. 이리스는 내가 틀렸다는 것을 알고 있었나?

그리고 지탄다가 마음에 걸린다고 한 일. 혼고는 어째서 진실을 이야기하지 않았나, 또는 이야기하지 못했나. 바꿔 말하자면 이리스는 왜 에바에게 부탁하지 않았나?

눈앞에는 자료. 가방 속에 쑤셔 넣은 채 잊고 있었던 종이 묶음.

……생각이 정리되지 않았다. 영감이, 그것이 행운에 유래하는지 재능에 유래하는지는 알 수 없지만, 찾아와 주지 않았다. 침대 시트를 헝클어뜨리며 몸을 이리저리 뒤척였다. 몸을 한껏 뒤로 꺾어 방을 위아래 거꾸로 보기도 했다.

책꽂이에 묘한 게 보였다.

침대에서 내려와 책꽂이 앞에 쭈그리고 앉았다. 이 방은 내 방이지만 전에는 누나가 썼다. 그래서 누나의 짐이 일부 남아 있는데, 이 책꽂이에도 누나의 책이 꽂혀 있다. 죄 괴상한 책들뿐이라 눈여겨본 적도 없지만.

손에 든 책 제목은 『신비의 타로 카드』. 누나가 신비주의자였을 줄이야.

바깥은 달밤, 전등 불빛 아래 나는 장난삼아 책장을 넘겼다. 찾는 것은 물론 '여제'다. '여제' 한 항목만 해도 열 페이지에 이른다. 첫 줄에 이렇게 씌어 있었다.

III. 여제(THE EMPRESS)
모성애, 풍요한 마음, 감성을 나타낸다.

어이구, 이것만 보면 이리스와 전혀 안 어울리는데. 이것저것 찾아보니 이리스는 타로 카드의 의미로 따지자면 '은둔자'가 그나마 가까스로 어울린다고 할 수 있지 않을까. 하기야 돌이켜 생각해 보면 이리스의 '여제'라는 별명은 원래 타로 카드를 의도한 게 아니다. 그것을 타로 카드와 결부시킨 사람은 사토시다. 그러고 보니 녀석은 고전부원들에게도 각각 심벌을 설정했다. 이바라는 분명히…….

VIII. 정의(JUSTICE)
평등, 정의, 공평을 나타낸다.

음, 틀렸다고 할 수 없다. 사토시는 '정의는 가혹하게 마련'이라며 어감을 우선해 이바라에게 '정의'를 할당했다는 식으로 말했지만.

기분 전환으로 이것도 나쁘지 않다. 사토시가 '마술사', 지탄다가 '바보'였지.

I. 마술사(THE MAGICIAN)
상황의 개시, 독창성, 취미를 나타낸다.

번호 없음. 바보(THE FOOL)
모험심, 호기심, 행동에 대한 충동을 나타낸다.

하하, 과연. 의미를 따랐군. 나는 웃었다. 하기야 타로 카드의 세계는 심원한 듯, '바보'에 '사랑의 방랑' 같은 의미도 있는가 하면 '마술사'에는 '사교성'이 있는 등 완전히 일치한다고 일률적으로 말할 수는 없다.

그럼 나는 뭐였더라? 그래, '힘'이다.

XI. 힘(STRENGTH)
내면의 힘, 투지, 유대를 나타낸다.

이게 뭐냐.

전혀 맞지 않는다. 내가 비록 자신에 대해 아무것도 자각하지 못했을지는 몰라도, 아무리 그래도 이건 내가 아니다. 사토시도 내 좌우명을 알고 있을 텐데. '안 해도 되는 일은 안 한다. 해야 하는 일은 간략하게.'

그렇다면 사토시는 왜 이것을 골랐나.

그러고 보니 그때 녀석은 농담을 하는 것 같았다. 사토시의 농담. 그렇다면 뭔가 분명한 이유가 있다는 뜻이다.

……나도 꽤나 한가했던 모양이다. 아니면 자신의 어리석은 실패를 외면하고 싶었던 걸까. 얼마 동안 『신비의 타로 카

드』를 연구하던 나는 불현듯 사토시의 농담을 이해했다. 설
명문에 이런 구절이 있었다.

'힘'은 사나운 사자가 자상한 여성에게 부려지는 그림으로 상징됩
니다.

요컨대 사토시는 내가 여자에게 부려진다고 말하고 싶었
던 모양이다. 전에는 누나, 요새는 지탄다, 최근에는 이리스
인가.

이, 이 자식이. 사토시 따위가 어디서 건방지게. 나는 그
녀석들에게 부려지는 게 아니다. 그도 그럴 게 나는…….

자신의 소행을 돌아보았다.

'힘'일지도 모른다는 생각이 들었다.

어쨌거나 이거 제법 흥미롭다. '정의' '마술사' '바보'와
'힘'은 생각하는 방식이 전혀 딴판이다. 타로 카드의 의미 대
신 일러스트의 이미지에 근거해 '힘'으로 나를 상징하게 하
다니 실로 사토시다운 농담이다. 기준점을 옮긴 셈이다.

덕분에 기분 전환을 잘했다. 나름대로 만족감을 얻었으니
혼고 일은 이만 잊기로 하자. 그게 에너지 절약이다. 그렇게
생각하며 나는 침대에 걸터앉았다.

······.

······?

일어섰다.

순전한 우연이었다.

이튿날, 나는 만나고 싶은 인물을 만날 수 있었다. 그것도 마침 이야기하기에 편리할 시간, 즉, 방과 후에.

그 인물, 말하나 마나 이리스 후유미는 나를 보더니 웃음을 지으며 말을 걸었다.

"오레키구나. 덕분에 영화를 완성했어. 비디오는 봤어?"

나는 딱딱함을 감추지 못한 표정으로 대답했다.

"아뇨, 아직 안 봤어요."

"그래. 제법 괜찮은 게 나왔다고 생각해. 네 협조가 없었다면 불가능했을 거야. 꼭 봐 주면 좋겠어. ······아, 그래. 이번 토요일에 촬영 종료를 기념해서 간단하게 뒤풀이를 한다더라. 너도 참석할 권리가 있다고 생각하는데."

고개를 가로저었다. 뒤풀이에는 가지 않는다.

내 태도에서 묘한 느낌을 받았는지 이리스의 눈썹이 약간 꿈틀했다. 그러나 어조는 변하지 않았다.

"그래, 뭐, 그건 네 자유지. 그럼."

그렇게 말하고 가 버리려는 이리스를 나는 불러 세웠다.

"이리스 선배."

나를 돌아본 여제에게 말했다.

"드릴 말씀이 있습니다."

지난번과 마찬가지로 찻집 히후미로 갔다.

오늘은 이리스가 사 주는 게 아니다. 신중하게 메뉴를 검토하고 윈난차를 주문했다. 일본차만 파는 곳인가 했더니 중국차에 홍차, 커피까지 있다. 이리스는 오늘도 말차였다.

주문한 차가 나오기를 기다려 이리스가 먼저 말했다.

"할 이야기가 뭐지?"

어디서부터 이야기해야 할지 망설여졌다. 자연스레 나온 말은 역시 이것이었다.

"선배. 선배는 저번에 여기서 저한테 기술이 있다고 하셨죠. 전 특별하다고."

"그랬지."

"……무슨 기술입니까?"

이리스가 입으로만 웃었다.

"그걸 내 입으로 듣고 싶은 거야? 추리 능력이라는 기술이야."

이 사람은 아직도 이런 말을 하나.

나는 노여움도, 화도 아닌 기묘하게 침착한 기분으로 그 말을 부정했다.

"아닐 텐데요."

"……."

"전 추리 소설을 잘 모르지만 이 말은 워낙 유명하기 때문에 압니다. '당신은 탐정이 아니라 추리 작가가 되는 게 낫겠군.' 기상천외한 추리를 개진했을 때 범인이 하는 말이죠."

이리스는 말없이 차를 마셨다. 외면적인 붙임성이 사라지고 이리스 본연의 얼굴로 돌아갔음을 직감적으로 알 수 있었다. 나는 그래도 말을 이었다.

"전 탐정이 아니었습니다. 추리 작가였던 게 아닌가요?"

찻종을 탕 내려놓았다.

이리스는 무척 하찮은 일이라는 듯 무관심한 태도로 대답했다.

"어디서 힌트를 얻었지?"

역시 그랬던가. 이리스 후유미, 그게 아니었으면 좋겠다는 내 바람을 이렇듯 간단히 박살 내나.

그러나 나는 스스로도 놀랄 만큼 마음이 평온했다.

"셜록 홈스입니다."

"……호오."

"혼고 선배는 셜록 홈스로 추리 소설을 공부했다고 들었습니다. 지탄다가 그 문고본을 빌렸다가 위스키 봉봉의 힘으로 그걸 동아리실에 놓고 갔더군요. 그걸 봤습니다."

이리스는 웃었다. 조금 전까지와는 전혀 다른, 엷은 웃음이었다.

"거기서 뭘 알았다는 거지?"

"……정리해 봤습니다."

나는 윗주머니에서 노트에서 찢어낸 종잇조각을 꺼냈다. 셜록 홈스 단편집 여섯 권(원래는 다섯 권인 모양이지만 노부하라 번역으로) 중 『모험』과 『사건집』을 골라 차례에 이중으로 동그라미를 친 것과 가위표를 친 것을 따로 뺐다.

이중 동그라미

◎ 입술이 비뚤어진 남자

◎ 흰 얼굴의 병사

◎ 세 명의 개리뎁

가위표

✕ 신랑 실종 사건

✕ 다섯 개의 오렌지 씨앗

✕ 얼룩 끈

✕ 신부 실종 사건

✕ 세 박공 저택

✕ 복면을 쓴 하숙인

이리스가 그것을 훑어볼 시간을 준 뒤 말을 이었다.

"전 처음에 이게, 혼고가 쓸 만한 아이디어와 그렇지 않은 걸 구분한 결과라고 생각했는데 그게 아닌 모양입니다. 사토시 말로는 「붉은 머리 조합」하고 「세 명의 개리뎁」은 동일한 트릭을 쓴다던데, 그럼 어째서 나중에 나온 「세 명의 개리뎁」이 이중 동그라미고 「붉은 머리 조합」이 세모인지 모르겠다고 사토시가 전화로 의아해하더군요."

이리스는 눈짓으로 뒷말을 재촉했다.

"전 사토시한테 각각의 내용을 물었습니다. ……이리스 선배, 셜록 홈스의 스포일러는 그 어떤 사소한 거라도 싫으십니까?"

"아니, 상관없어."

"그래요. 하지만 혹시 선배가 싫으시면 여기서부터 얼마 동안 제 말을 듣지 말아 주세요. 귀를 막든, 시선을 다른 데로 돌리든 방법은 알아서 하시고요."

그것만은 만일을 위해 말해 두었다.

정말 중요한 부분은 밝힐 생각이 없지만.

"우선 이중 동그라미부터.

「입술이 비뚤어진 남자」. 이건 소식이 끊겨 생사를 알 수 없는 남자의 생존을 홈스가 확인하는 내용이라고 합니다. 의뢰인은 남자의 부인입니다.

「흰 얼굴의 병사」. 이건 친한 친구가 격리되어 있다는 걸 안 남자가 이유를 조사해 달라고 홈스한테 의뢰하는 이야기라고 합니다. 마지막엔 격리할 필요가 없다는 게 밝혀져 일동 안심하고 끝난다나요.

「세 명의 개리뎁」은 「붉은 머리 조합」의 재탕인데, 늘 냉정한 홈스가 왓슨이 총에 맞았다고 그답지 않게 허둥대는 장면이 인상적이라고 합니다. 참고로 왓슨의 부상은 경상이고요."

윈난차를 마셨다. 맛 따위 아무래도 상관없다.

"가위표를 볼까요. 이쪽은 수가 많으니 셋만 골라 보겠습니다.

「다섯 개의 오렌지 씨앗」은 가족이 잇따라 수수께끼 같은 상황에서 죽은 청년이 홈스에게 도움을 청하는 이야기입니다. 하지만 홈스는 청년의 죽음을 막지 못합니다.

「얼룩 끈」은, 이것도 언니가 수수께끼 같은 상황에서 죽은 여자가 홈스를 찾아온다는 이야기입니다. 워낙 명백하기 때문에 말씀드리는데, 범인은 자매의 아버지입니다. 목적은 자매의, 뭐, 간단히 말해서 유산이죠.

「세 박공 저택」은 아들을 잃은 어머니한테 집을 가재도구까지 포함해 통째로 팔라고 하는 이야기입니다. 사건의 배후엔 여자한테 호되게 차여 죽은 남자의 원한이 자리한다고 합니다."

여기까지 이야기하고 이리스의 반응을 기다렸다.

이리스는 앞머리를 옆으로 쓸었다.

"그래, 그런 데서."

"이 이야기를 듣고 전 혼고의 취향을, 물론 극히 일부분이겠지만, 알 것 같았습니다. 혼고는 추리 소설로서의 완성도 같은 건 안중에 없었습니다. 사토시는 「얼룩 끈」에 가위표를 치고 「흰 얼굴의 병사」에 동그라미를 치다니 믿기지 않는다고 하더군요."

침을 삼켰다.

"제 해석은 이렇습니다. 혼고는 해피엔드를 좋아하고 비극을 싫어한 게 아닙니까? 사람이 죽는 이야기는 싫었던 게 아닌가요?"

이리스는 대답하지 않았다.

십중팔구 긍정한다는 표시다.

"그렇게 생각하고 나니 몇 가지 납득되는 게 있었습니다. 하나는 피의 양이 적었던 것. 또 하나는 기묘한 설문 조사 결과입니다."

"설문 조사 결과?"

나는 책가방에서 사와키구치에게 빌린 공책을 꺼냈다. 이야기와 연관된 부분을 펴 손가락으로 짚었다.

No. 32 사망자 수는 몇 명인가?

. 1명……6

. 2명……10

. 3명……3

. 그 이상

4명……1

전멸……2

100명쯤……1

. 무효표……1

2명을 추천(단 채택 여부는 혼고에게 일임)

이리스의 시선이 한순간 노트를 향하더니 한순간 날카로워졌다.

"……이런 걸 손에 넣었어?"

"흔쾌히 빌려 주던데요. 그래서 이 설문 말입니다만. 숫자만 쓰면 되는 설문 조사에서 '무효표'란 무엇인가. 다른 설문을 보면 기권은 기권이라고 써어 있습니다. 등장인물 수를 초과하는 사망자 수를 써도 '100명쯤'으로 표에 포함됐죠. 그렇다면 무효표란?"

이리스가 재미있어하는 표정으로 뒷말을 이었다.

"피를 거의 쓰지 않아도 되는 사망자 수. 그 표는 인정받지 못한 모양이네."

나는 이리스를 똑바로 바라보았다. 이리스는 내 시선을 태연하게 받아냈다.

낮은 목소리로 말했다.

결론을.

"혼고의 대본에선 사망자는 없을 예정이었습니다."

이리스의 입꼬리가 한쪽만 살짝 올라갔다. 그렇게 보였다.

"역시 대단하네."

참 침착하기도 하다. 이리스는 눈곱만큼도 동요하지 않고 여유 있게 말차를 마셨다. 어떻게 이렇게 태연할 수 있을까. 내 심경을 속속들이 파악하고 있다는 건가.

이리스는 조용히 찻종을 내려놓았다.

"거기까지 알았다면 내가 더 할 말도 없어. 혼고의 각본엔 네 말대로 사망자가 없었어. 그 애는 그런 이야기가 아니면 미스터리를 쓴다는 건 생각도 못 했을 거야. 원래 그런 애야."

나는 말을 이었다.

"그런데 동급생들은 그런 것도 모르고 애드리브와 폭주를 거듭했습니다. 혼고가 실제 촬영에 참가하지 않았다는 것도 나카조한테 들었습니다. 게다가 뭣보다도 대본엔 가이토가 죽었다는 말이 없어요. 심한 상처를 입고 쓰러져 있었고 불러도 대답이 없었다고만 돼 있죠. 그런데 영상에선.

절단된 팔 모형은 훌륭하더군요. 이바라가 칭찬할 정도니까 진짜입니다.

가이토는 어디를 어떻게 보나 죽은 사람이었습니다. 혼고가 모르는 사이에 상해 사건이 살인 사건이 된 거죠?"

이리스는 고개를 끄덕였다.

그러나 나는 만족감을 느끼지 못했다. 말투가 거칠어졌다.

"여기서부터는 제 망상입니다. 아무런 증거도 없어요. 하지만 선배, 전 말하지 않을 수 없습니다.

혼고는 동급생들한테 영상이 대본을 치명적으로 벗어났다는 말을 할 수 없었습니다. 이미 촬영한 영상을 파기하란 말을, 소도구 팀 혼신의 작품을 버리란 말을 혼고는 할 수 없었던 겁니다. 혼고는 원래 마음이 약했고 뭣보다도 성실한 사람이었습니다. 본인도 미스터리에서 사람이 죽지 않는다는 억지가 켕겼던 거겠죠.

거기서 등장한 사람이 선배입니다, 이리스 선배."

이리스는 무표정했다. 아니, 심지어 미소를 짓는 듯했다.

나는 흥분까지는 하지 않았다. 조금 목소리가 클 뿐이다.

"그대로 가면 혼고는 악당이 됩니다. 대본을 쓰다 도중에 손을 뗐다고 규탄받겠죠. 그렇기에 선배는 혼고가 '병났다'고 했습니다. 대본이 '완성되지 않았다'고 했습니다. 그편이 상처가 얕으리라고 본 겁니다. 선배는 동급생들을 모아 추리 대회를 열었습니다."

그리고.

"그리고 그런 척하면서 실제로는 시나리오 콘테스트를 열었습니다. 대본을 쓰란 말을 들으면 다들 꽁무니를 뺄 테죠. 그래서 선배는 혼고를 대의명분으로 내세워 추리를 시킨 겁니다. 동급생들의 성적이 시원치 않은 걸 보고는 저희까지 끌어들여서. 아무도, 저도, 자기가 창작을 하고 있다는 걸 알아차리지 못했습니다. 선배가 자의적으로 기준점을 옮겼기 때문입니다.

제 창작물이 혼고 것을 대신하고 혼고는 상처 입는 걸 면한다는 계획입니다. 아닌가요?"

"난 아까부터 아니란 말은 안 했어."

"그럼!"

조금 몸을 내밀었다.

"저한테 기술이 있다고 한 것도 전부 혼고를 위해서입니까? 좋은 대안이 나올 수 있도록."

"……"

"선배는 여기서 스포츠 팀 이야기를 예로 들어 절 설득하셨죠. 능력이 있는 인간의 무자각은 능력이 없는 인간한테 가혹하다고. 지금이라면 말할 수 있습니다. 농담이시겠죠, 이리스 선배. 자각이 뭐가 어떻단 말입니까? 가혹해서 뭐가 어떻다는 거죠? '여제'란 별명을 가진 선배가 그런 감상주의자일 리 없습니다.

선배가 보는 건 결론뿐일 텐데요."

사토시가 자신은 홈지스트가 될 능력이 없다고 했을 때, 나는 그렇지 않다고 말했다. 어느 쪽이 옳을까. 어느 쪽이든 별 의미는 없다. 되면 되는 것이고, 안 되면 안 된 것이다. 그냥 그뿐이다.

열의도, 자신감도, 독선도, 재능조차도 객관적으로는 의미를 잃는다. 이리스는 오로지 나를 조종하려는 목적만으로 내 재능을 치켜세웠다. 그것은 유효했다. 나는 이리스가 만족할 수 있는 창작을 했다.

"누구나 자기 자신을 자각해야 한다는 그 말도 거짓말입니까!"

……이 정도로 강하게 말해도 이리스는 꿈쩍하지 않았다. 주춤거리지 않았다. 부끄러워하지 않았다.

침묵 가운데 나는 쓸데없는 생각을 했다.

'여제'라는 별명이 정말 딱 맞는다. 사토시가 한 말이 생각났다. 이리스에게 접근하는 사람은 모두 그녀에게 이용당한다. 여제에게는 타인을 그렇게 다루고도 뉘우치지 않는 자세가 어울린다. 그녀는 아름다웠다.

억양도, 감정도 결여된 목소리로 더욱 냉철하게 이리스는 대답했다.

"진심으로 한 말은 아니야. 그걸 거짓말이라고 부르는 건 네 자유고."

시선이 엉켰다.

무언.

나는 내가 웃을 것을 알았다.

그리고 진심으로 이렇게 말하는 것이다.

"그 말을 듣고 안심했습니다."

8
엔드 크레디트

로그넘버 00299

　　마유코 : 정말 고마워요

　　이름을 입력해 주세요 : 그만 됐어

　　이름을 입력해 주세요 : 아까부터 계속 그 말뿐이야

　　이름을 입력해 주세요 : 고맙다는 말은 학교에서도 들었어. 이제 필

요 없어

　　마유코 : 그렇지만

　　마유코 : 고마워요

　　마유코 : 다 내 잘못인데

　　마유코 : 다들 살인 장면을 기대했는데

마유코 : 그런 대본을 써서

이름을 입력해 주세요 : 미안하단 말은 하지 마라

마유코 : 미안해요

마유코 : 앗

이름을 입력해 주세요 : 다 끝난 일이야

이름을 입력해 주세요 : 네가 원하는 비디오카메라 영화는 아니겠지만

이름을 입력해 주세요 : 완성된 것만 해도 대단해

마유코 : 그렇지 않아요

이름을 입력해 주세요 : 어느 발언에 대해 하는 말이야

마유코 : 아, 제가 바라는 영화란 말요

마유코 : 저도 가장 큰 바람은

마유코 : 다 같이 끝났다고 만세 부르는 거였으니까요

이름을 입력해 주세요 : 하여간 넌 정말

마유코 : 네

이름을 입력해 주세요 : 아니, 아무것도 아니야

로그 넘버 00313

나 . 지 . 롱♪ : 잘 해결된 모양이네.

이름을 입력해 주세요 : 선배 덕분이에요

나 . 지 . 롱♪ : 아니 별말씀을. 그쯤이야.

이름을 입력해 주세요 : 다만 그 애한테는

이름을 입력해 주세요 : 미안하다는 생각이 드네요

나 . 지 . 롱 ♪ : 진짜 그렇게 생각해?

이름을 입력해 주세요 : 진짜?

나 . 지 . 롱 ♪ : 미안하다고

이름을 입력해 주세요 : 지구 반대편에 있는 사람한테

이름을 입력해 주세요 : 허세를 부려서 무슨 소용 있겠어요

나 . 지 . 롱 ♪ : 아하하, 그건 그러네.

나 . 지 . 롱 ♪ : 그렇지만 말이지.

이름을 입력해 주세요 : 네

나 . 지 . 롱 ♪ : 너 나한테도 거짓말했지?

나 . 지 . 롱 ♪ : 어이, 거기서 침묵하지 말고!

이름을 입력해 주세요 : 거짓말이라고요

나 . 지 . 롱 ♪ : 그래. 지구 반대편에 있는 사람까지 써먹으면 안 되지.

나 . 지 . 롱 ♪ : 특히 난.

나 . 지 . 롱 ♪ : 농담.

이름을 입력해 주세요 : 전 거짓말은

나 . 지 . 롱 ♪ : 대본 쓴 애를 지켜 주려고 나한테 도와 달라고 부탁한 게 아니지?

나 . 지 . 롱 ♪ : 요컨대 대본의 질이 문제였던 거지?

나 . 지 . 롱♪ : 망할 게 뻔한 이야기를 퇴짜 놓으면서,

나 . 지 . 롱♪ : 대본 쓴 애한테 상처를 안 주려고.

나 . 지 . 롱♪ : 그럴싸하게 둘러댄 거 아냐?

나 . 지 . 롱♪ : 그 바보 녀석은 그걸 못 알아차린 것 같지만.

이름을 입력해 주세요 : 선배

이름을 입력해 주세요 : 전 그 프로젝트가 실패하게 놔둘 수 없는 입장이었어요

이름을 입력해 주세요 : 선배?

〈나 . 지 . 롱♪ 님이 퇴장하셨습니다〉

로그 넘버 00314

호타루 : 이럼 된 거냐

ㄴ : 네, 됐어요

ㄴ : 특이한 닉네임이네요

호타루 : '호타로'를 잘못 입력했다. 고치기 귀찮으니까 그냥

호타루 : 그런데 어째 이상한걸

호타루 : 최종 접속 시각이 방금 전인데

ㄴ : 네?

ㄴ : 오레키 씨, 여기 오늘 처음 쑤시는 거죠?

ㄴ : 쓰시는, 이에요

호타루 : 글쎄, 그런데

호타루 : 뭐, 됐다

L : 그래서 결국 혼고 선배가 생각했던 대본은 어떤 거였나요

호타루 : 입력하려니 귀찮은데

L : 오레키 씨?

호타루 : 아니, 알았어

호타루 : 가르쳐 주질 않으니 내 상상일 뿐이지만

호타루 : 가이토가 죽지 않았다면 밀실은 풀려

L : 카메라맨을 배우 취급하지 않아도요?

호타루 : 너도 꽤나 심술궂군. 우선 범인은 고노스. 진입로는 창문

L : 네? 그렇지만 창문은

호타루 : 오른쪽 분장실 창문이야. 두 개 있는데 어느 쪽이든 상관
없고

호타루 : 고노스는 자일을 타고 오른쪽 분장실로 침입

호타루 : 그리고 가이토를 쫓아가 찔러

호타루 : 죽지 않을 정도의 일격이지

호타루 : 그러곤 자일을 타고 이층으로 돌아가

호타루 : 시치미 떼고 현관 로비로 내려와

호타루 : 이상

호타루 : 하바가 거의 근접한 셈이지

엔드 크레디트

L : 혼고 선배가 찾고 있었다는 일곱 번째 사람은……?

호타루 : 아아, 그건 미완성 상태에서 이미 나와 있었어

호타루 : 나중에 깨달았는데, 그 영화엔 일곱 명 있었어

L : 네? 아니에요, 분명히 여섯 명이었는데요

호타루 : 캐스트는 꼭 배우만이 아니야

호타루 : 내레이터가 있었잖나. 등장인물 소개 같은 걸 한

호타루 : 엔드 크레디트에도 캐스트는 일곱 명이었을걸

L : 아아, 그렇군요!

L : 그렇지만 그럼 가이토 선배가 쓰러져 있던 방이

L : 왜 잠겨 있었는지 모르겠는데요

호타루 : 가이토는 스스로 무대 오른쪽 옆으로 들어가 문을 잠근 거야

L : 왜죠?

호타루 : 보통은 범인의 추적을 피하기 위해서인데

호타루 : 아마 그건 아닐 거야

L : 아, 알았어요

호타루 : 호, 웬일이냐

L : 혼고 선배의 심정을 좀 알 것 같거든요

L : 가이토 선배는 고노스 선배한테 찔린 뒤

L : 고노스 선배랑 이야기한 거예요

L : 어째서 자기를 찔렀나

L : 어쩌면 어째서 단칼에 찔러 죽이지 않았는지도

L : 그래서 가이토 선배는 고노스 선배를 감싸기 위해

L : 고노스 선배를 이층으로 돌려보내고 자신은 무대 오른쪽 옆으로

L : 어라? 하지만 그럼 다친 게 설명이

호타루 : 내 생각하고 같은걸

호타루 : 상처는 간단해. 그 방엔 유리 하편이 흩어져 있었어

L : 상편은요?

호타루 : '파편'이다. 네가 이바라냐

호타루 : 다친 건 거기서 넘어져서 그렇다고 둘러댈 수 있겠지

호타루 : 고노스가 왜 가이토를 찔렀는지, 가이토는 왜 고노스를 용서했는지

호타루 : 그것까진 몰라. 혼고가 털어놓기 전까진 수수께끼로 남아 있겠지

L : 어쩔 수 없네요

L : 무척 신경 쓰이지만요

L : 동급생을 찌른 이유, 자기를 찌른 동급생을 놓아준 이유

L : 그걸 혼고 선배가 어떻게 그리려 했는지

L : 무척, 신경 쓰이지만요

엔드 크레디트

호타루 : 그런데 물어볼 게 있다

ㄴ : 네.

호타루 : 기분 탓인지도 모르지만

호타루 : 이번 일, 넌 뭔가 알고 있었던 거 아니냐

ㄴ : 네?

ㄴ : 아뇨, 아무것도 몰랐는데요

ㄴ : 왜 그렇게 생각하셨죠?

호타루 : 2학년 F반 세 명에 나까지 네 명

호타루 : 넌 전원의 설에 납득하지 않았어

호타루 : 평소의 너답지 않아. 혼고에 대한 공감만이 이유냐

ㄴ : 아아, 그렇군요

ㄴ : 음, 그게 말이죠. 저랑 혼고 선배가 닮아서 그런 것 같아요

호타루 : ?

ㄴ : 아, 어째 좀 부끄럽네요

ㄴ : 웃지 마세요

ㄴ : 실은 저도

ㄴ : 사람이 죽는 이야기가 싫거든요

작가 후기

안녕하세요, 요네자와 호노부입니다. 서른두 가지의 신비한 힘 때문에 긴 인사는 할 수 없으니 간략하게 하죠.

전작 『빙과』에 비하면 이번 작품은 여러 가지 의미에서 미스터리를 다룹니다. 이번 작품의 일부는 실제로 발생했던 지극히 개인적인 사건을 바탕으로 합니다만, 등장인물에 특정한 모델은 없습니다. 당시 스태프 여러분의 역정을 샀다가는 재미없으니 노파심에서 밝혀 둡니다.

미스터리를 좋아하는 독자 여러분께. 이미 아실지도 모르지만 본 작품은 버클리의 『독 초콜릿 사건』에 대한 애정과 경의를 담아 썼습니다. 크리스티는 사실 무관합니다. 걸작에 대한 오마주가 얼마만큼 성공했는지는 독자 여러분의 판단에 맡기겠습니다. 또 독 초콜릿 취향 + 영상으로 아비코 다케마루 씨의 『탐정영화』(권일영 옮김, 포레, 2012)라는 선례가 있습니다. 아직 읽지 않으신 분은 꼭 읽어 보시길.

본 작품의 각 장 제목은 특별히 깊은 의도가 있어 지은 것은 아닙니다. 하지만 5장만은 조금 색다른 방식으로 지어 봤습니다. 그러나 진정 놀라운 그 방법을 여기서 밝히기에는 여백이 너무 부족하군요. '초밥' 사건과 더불어 훗날 다시 이야기하기로 하죠. 부디 훗날이 있기를.

요네자와 호노부

어리석어서 순수한 시절의 합동 작품

'고전부' 시리즈 제2권 『바보의 엔드 크레디트』는 1권 『빙과』가 출간되고 이듬해인 2002년에 발표된 소설이다. 첫 작품 『빙과』가 고전부의 새로운 출발을 다루었다면, 두 번째 작품에서 고전부원들은 새로이 문집을 만들기로 하면서 본격적인 활동을 시작한다. 하지만 고전부의 본업은 아무래도 고전 연구가 아닌 모양, 그들에게는 정식 의뢰인이 찾아오고 미스터리에 빠져든다.

『바보의 엔드 크레디트』는 추리 소설의 여러 요소를 도입한 일상 미스터리형 학원물이다. 작가의 말에 언급되어 있듯이 『바보의 엔드 크레디트』를 보면 아비코 다케마루의 1990년 작

『탐정영화』가 연상된다. 『탐정영화』는 제목 그대로 살인 사건과 그 수사 과정을 그리는 영화 제작 과정에 관한 소설이다. 고전부원들이 결말을 만들어 내야 하는 영화의 제목 또한 단순하게 〈미스터리〉라는 것도 어느 정도 『탐정영화』와의 관련을 보여 준다. 『탐정영화』에서 감독인 오야나기 도시조는 모든 이를 속일 수 있는 영화를 찍겠다는 야심을 보여 주지만, 사건이 일어난 장면까지만 촬영한 직후 사라져 버린다. 남겨진 배우와 스태프는 사라진 감독을 찾기 위해 온갖 애를 쓰지만, 결국 포기하고 각자의 결말을 제시한다. 그중 하나의 결말에 따라 영화는 완성되지만, 감독의 의도에 맞는지는 의문으로 남는다. 줄거리만 비교해도 『탐정영화』와 『바보의 엔드 크레디트』는 평행선처럼 공통점이 보인다. (겉보기엔) 살인 미스터리, 사라진 결말. 완성되지 못한 영화와 완성하고 싶은 사람들. 그리하여 제시되는 여러 개의 결말도 유사하다.

물론 두 작품 다 앤서니 버클리 콕스의 『독 초콜릿 사건』에 원형을 두고 있다. 고전부 시리즈의 1편 『빙과』도 이 고전 추리 소설에서 형식을 빌려 왔다. 또, 작가인 요네자와 호노부의 장난기이겠지만, 소설 내에서 지탄다가 위스키 봉봉을 먹고 취해 버리는 장면에서도 『독 초콜릿 사건』과의 연결점을 보여 준다. 한 여자가 남편이 클럽에서 다른 사람에게 받아 온 위스키 봉봉을 먹고 죽는다. 확실한 동기도, 범인도 알 수 없는 이 사건을 두고 여섯 명의 추리 클럽 회원들은 각자의 해결법을 제시한다. 한 사람의 의견은 다른 이의 추론에 따라 반박되고, 새로운 진실이 연이어 등장한다. 여러 증거를 모 아 과학적 귀납이나 직감, 심리적 연역, 역사적 수사법에 따라 다양한 각도의 범인이 제시되면서 추리 클럽 회원들은 다양한 각도의 설명을 모색한다. 즉, 앤서니 버클리 콕스의 소설은 기존의 범죄 퍼즐과는 달리, 미스터리를 심리학적인 측면으로 바라볼 수 있으며 사건이 아니라 사건 바깥에서 구성되는 것이라는 관점을 당시에는 참신하게 제기했던 작품이었다. '고전부' 시리즈의 추리는 대부분 이렇게 미스터리 바깥에서 사건 안을 들여다보는 방식으로 만들어진다. 작가인 요네자와 호노부 본인도 『북 재팬』에 실린 인터뷰에서 앤서니 버클리 콕스가 '미스터리의 틀 안에서 다양한 놀이를 시험한 작가'로서 그의 '고전부'나 '소시민' 시리즈에 영향을 주었다고 말하고 있다.● 『바보의 엔드 크레디트』에서 고전부 회원들은 사건을 직접 해결한다기보다 여러 사람의 이야기를 들

● 『Bookjapan』, 2009년 7월 13일 인터뷰 "vol.6 소시민, 강렬한 자의식을 가진 고등학생 커플. 앞으로 대체 어떤 일이 벌어지는 걸까."

고 정합성을 판단하는 안락의자 탐정으로서 연역과 귀납을 통해 스스로 작품을 만들어 나간다.

하지만 『탐정영화』, 『독 초콜릿 사건』과 『바보의 엔드 크레디트』의 다른 점은 수수께끼의 결말을 알고 있는 사람에게 접근할 길이 있다는 것이다. 바로 작품을 쓴 혼고 마유가 결말을 알고 있을 것은 분명하다. 혼고가 아무리 아프다고 해도, 어디 격리되지 않은 이상 가까운 사람이라면 연락을 해서 알 수 있다. 여기서 이 두 번째 작품의 영어 제목 '왜 에바에게 부탁하지 않았지?(Why didn't she ask EBA)'가 나온다. 혼고와 친한 학생인 에바에게 물어보면 결말을 알 수 있는데 왜 묻지 않았을까? 이 간단한 의문은 사건의 중요한 열쇠로 이어진다.

내 그런 생각을 알아차린 듯 지탄다가 강한 어조로 말했다.

"이번 일은 어떻게 생각해도 이상해요. 혼고 선배가 신경을 쓰다 못해 쓰러졌다는 게 사실일까요? ……사실일지도 몰라요. 하지만 그렇다면 왜 다른 사람한테 부탁하지 않았을까요? 예를 들면 에바 선배한테."

고개를 갸웃거렸다. 문장의 뜻이 통하지 않는 이유는 무엇인가.

"주어하고 목적어가 빠졌다."

"아…… 죄송해요. 어째서 이리스 선배는 에바 선배라든지, 그런 혼

고 선배와 친한 사람한테 어떤 트릭을 준비했던 거냐고 물어봐 달라고
부탁하지 않았나, 하는 말이에요."

(본문 244쪽)

오레키는 여러 증거를 조합해서 모든 사람이 그럭저럭 만
족할 수 있는 결말을 만들어 낸다. 하지만 지탄다는 무척 간
단한 질문으로 이 결말에 의구심을 표현한다. 즉, 인간이라
면 가장 합리적으로 할 수 있는 행동이 없었다는 심리적인 관
찰에서 수수께끼는 원점으로 돌아오는 것이다. 증거를 조합
하는 퍼즐 미스터리가 아니라 인간의 본성을 연구하는 방식
이 여기서 힘을 얻는다.

물론 이 부분도 다른 참고 도서가 있다. 작가의 말에서 '크
리스티는 무관하다'고 언급하긴 했지만, 제목이 보여 주듯이
애거사 크리스티의 소설 『왜 에번스에게 부탁하지 않았지?
(Why didn't they ask Evans)』와 닮은 점이 있는 것. 웨일
스 해안에 있는 작은 마을인 마치볼트, 교구 목사의 넷째 아
들인 보비 존스는 동네 의사와 함께 골프를 치러 나갔다 공을
벼랑 아래로 보내고 만다. 보비는 공을 주우러 내려갔다가 아
래에 의식을 잃고 쓰러져 있는 남자를 본다. 의사는 이 남자
를 진찰하지만 가망이 없다는 걸 깨닫고 도움을 청하러 가고,

보비 혼자 남아 그를 지킨다. 그때 의식을 잃은 남자가 눈을 번쩍 뜨더니 "왜 에번스에게 부탁하지 않았지?"라는 한마디를 남기고 바로 죽는다. 그 후에 이어지는 보비의 여러 사고, 뒤바뀐 사진의 주인공, 유산 상속 등의 수수께끼가 얽히면서 사건은 의외의 진실로 이어진다. 그 핵심에 있는 것이 에번스는 누구이며, 죽은 남자의 마지막 말은 무엇인가 하는 점이다. 에번스에게 부탁하는 것이 인간의 심리나 정황상 가장 합당한데도, 그렇게 하지 않았다는 것. 거기에는 아마 다른 이유가 있을 거라는 것. 요네자와 호노부는 이 점을 차용해서 『바보의 엔드 크레디트』의 반전을 만들었다.

위의 작품들에 더해 셜록 홈스 시리즈에 대한 지식까지도 담긴 『바보의 엔드 크레디트』는 『빙과』에 비해서 추리 소설로서 한 단계 성숙한 모습을 보여 주는 제2권이다. 이는 '고전부' 시리즈가 한층 형식적으로 발전했다는 뜻이다. 그러나 '고전부' 시리즈는 추리 소설인 동시에 성장 소설이므로, 『바보의 엔드 크레디트』는 내용적인 면에서도 아이들의 성숙을 보여 준다. 제목에 쓰인 '바보'는 타로에서 '광대'로도 해석이 되는 카드에서 따왔다. 본문에도 나오지만, 바보는 '모험심, 호기심, 행동에 대한 충동'을 의미하는 카드이다. 직관에 따라 움직이고, 천진난만하게 먼 길을 바라본다. 지탄다를 가리키는 상징으로 '바보'를 꼽은 후쿠베의 선택은 충분히 납득할 만하다. 이유는 알 수 없지만 신경 쓰이는 게 많은 지탄다는 타고난 호기심을 누르지 못하고 직감에 따라 인지하는 소녀. 하지만 지탄다의 호기심은 부원들을 사건 속으로 몰아넣고 고전부를 유지하는 동력이 된다. 십 대에 호기심과 모험심이 없다면 인생의 즐거운 사건들은 기대할 수 없는 것, 그러므로 고전부원 중 가장 순수한 의문을 표시하는 지탄다가 바보/광대가 된다. 전편에 이어 에너지 절약주의자임을 강력히 주장하는 오레키는 모험을 이끄는 지탄다의 뒤를 따르면서 자기도 모르게 즐거워진다. 오레키의 카드는 힘, '내면의 힘, 투지, 유대를 나타내는' 카드라고 말한다. 귀찮은 일은 하지 않는다고 스스로 생각하는 오레키지만 이미 벌써 오래전부터 귀찮은 일에 휘말려 왔으며 문제를 스스로 해결해 왔다. 결국, 오레키도 이해할 수 없을 듯한 문제를 만났을 땐 투지가 불타오르고, 자기의 힘을 다해 대결하면서 다른 사람의 삶과 관계를 맺고 유대감을 느낀다. 이것이 바로 장밋빛 청춘 시절의 근원이다.

『바보의 엔드 크레디트』에는 남들이 보기에는 약간 바보 같은 신념이나 원칙 때문에 쓸데없이 에너지를 쏟으면서 끝까지 고수하는 아이들이 나온다. 다른 이의 기대를 알지만,

그렇다고 자기 취향이나 원칙을 바꿀 순 없다. 이 사건의 동기는 거기에 있었다. 서로의 취향과 선택을 존중하는 한도 내에서 최선의 결과를 내기 위한 노력으로 하나의 작품을 만들었다. 학교 밖의 세상은 우리가 취향을 지켜갈 수 있도록 도와주지 않는다. 공동의 이익을 위해 희생하고, 의무를 다하기를 바란다. 하지만 학교에서는 자기 원칙 때문에 임무를 다하지 못하는 사람, 그 친구를 감싸 주는 동시에 어떻게든 프로젝트를 완수하길 바라는 리더, 그런 마음을 이해하는 다른 아이들이 있다. 작업을 완수하고 모두 다 같이 만세를 부르면 만족할 수 있는 세계, 바보 같은 마음을 존중해 주는 그런 세계는 순진하고 단순하지만 모두가 약간은 그리워하는 세계이기도 하다.

2013년 여름,
박현주(작가, 번역가, 장르 소설 서평가)

권영주

서울대 외교학과를 졸업하고 대학원에서 영문학을 전공했다. 옮긴 책으로는 헬렌 매클로이의 『어두운 거울 속에』, 요네자와 호노부의 『빙과』와 『개는 어디에』를 비롯하여 『삼월은 붉은 구렁을』부터 『달의 뒷면』까지 온다 리쿠의 작품 다수와, 미쓰다 신조의 『잘린 머리처럼 불길한 것』 등이 있다.

바보의 엔드 크레디트 - 고전부 시리즈 2

1판 1쇄 2013년 11월 15일
1판 22쇄 2025년 3월 5일

지은이 요네자와 호노부
옮긴이 권영주

책임편집 지혜림 ㅣ **편집** 임지호 이현
아트디렉팅 이혜경 ㅣ **본문** 강혜림 문성미 ㅣ **표지그림** 빨간고래 ㅣ **도면** 김선미
저작권 박지영 형소진 오서영 조경은
마케팅 정민호 서지화 한민아 이민경 왕지경 정유진 정경주 김수인 김혜원 김예진
브랜딩 함유지 박민재 김희숙 이송이 김하연 박다솔 조다현 배진성
제작 강신은 김동욱 이순호 ㅣ **제작처** 더블비(인쇄) 경일제책사(제본)
독자모니터 엄정현 윤현진

펴낸곳 (주)문학동네 ㅣ **펴낸이** 김소영
출판등록 1993년 10월 22일 제2003-000045호

주소 10881 경기도 파주시 회동길 210
문의 031-955-2637(편집) 031-955-2696(마케팅) 031-955-8855(팩스)
전자우편 elixir@munhak.com ㅣ **홈페이지** www.elmys.co.kr
인스타그램 @elixir_mystery ㅣ **X(트위터)** @elixir_mystery

ISBN 978-89-546-2262-2 03830
       978-89-546-2263-9(SET)

엘릭시르는 출판그룹 문학동네의 장르문학 브랜드입니다.

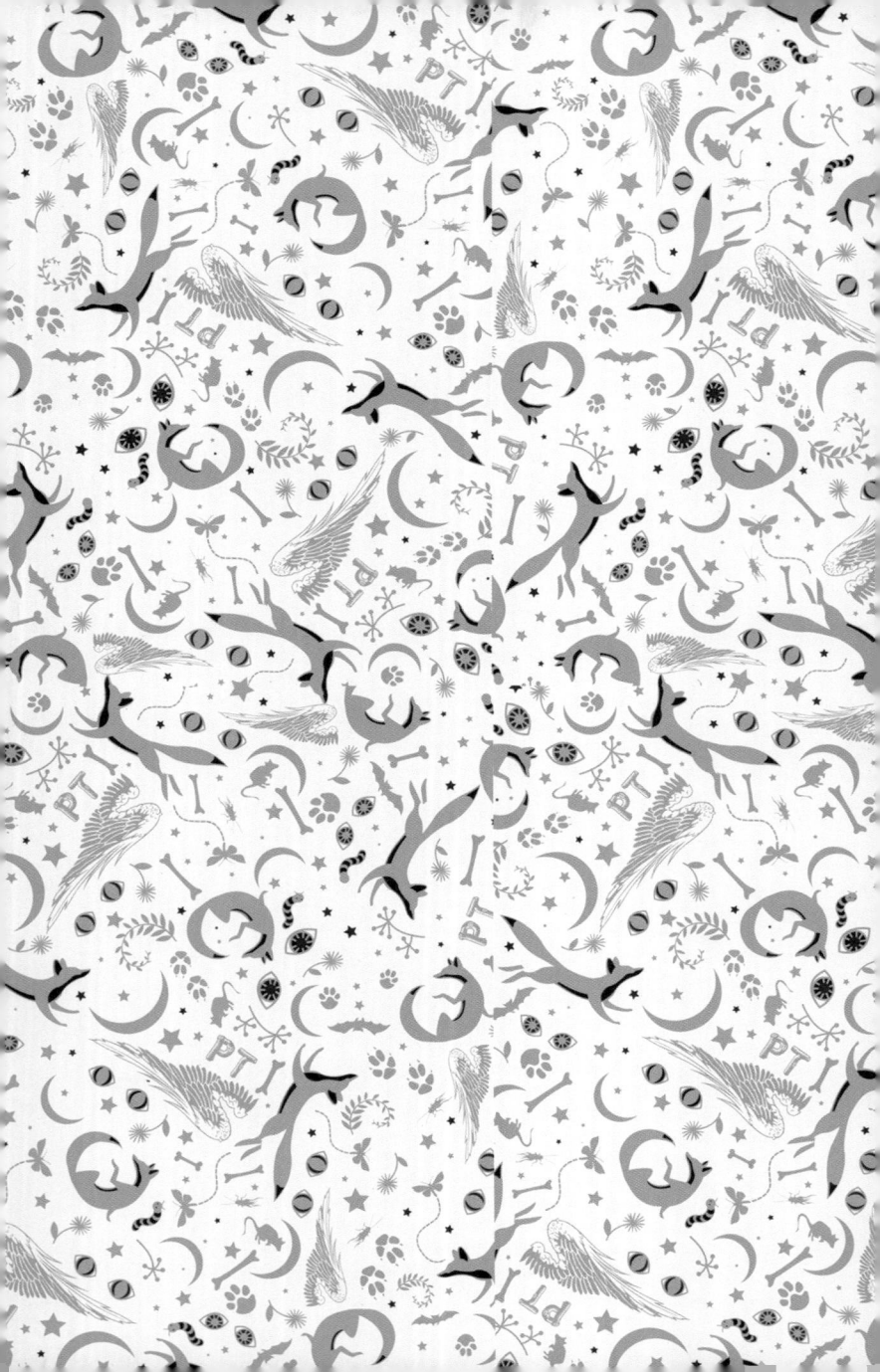